महाप्रस्थान

महाप्रस्थान

श्रीनरेश मेहता

लोकभारती प्रकाशन

पहली मंजिल, दरबारी बिल्डिंग, महात्मा गाँधी मार्ग, इलाहाबाद-1

लोकभारती प्रकाशन
पहली मंजिल, दरबारी बिल्डिंग, महात्मा गाँधी मार्ग
इलाहाबाद-211 001
वेबसाइट : www.lokbhartiprakashan.com
ईमेल : info@lokbhartiprakashan.com
शाखाएँ : 1-बी, नेताजी सुभाष मार्ग, दरियागंज
नई दिल्ली-110 002
अशोक राजपथ, साइंस कॉलेज के सामने
पटना-800 006 (बिहार)

मूल्य : ₹ 150

संस्करण : 2012

इण्डियन प्रेस प्राइवेट लिमिटेड
इलाहाबाद-211002 द्वारा मुद्रित

MAHAPRASTHAN
by Shrinaresh Mehta

ISBN : 978-81-8031-674-6

श्री धर्मवीर भारती

को

भूमिका

प्रस्थान-पूर्व

प्रत्येक मनुष्य के भीतर आरात्रिक रामायण सम्पन्न होती है तो आक्षण अपने परिवेश में वह महाभारत का साक्षात् करता है। अपनी प्रकृति, संस्कार, गुण, धर्म तथा स्वत्व के अनुरूप ही इन कथा-गाथाओं में हम अपना पक्ष निर्धारित करते हैं। यह इतना महत्त्वपूर्ण नहीं है कि ये या इन-जैसे अन्य आर्ष ग्रन्थ, भारतीय जीवन की ऐतिहासिकताएँ हैं, या नहीं, वास्तविकता तो यह है कि ये ग्रन्थ, हमारी ही नहीं मनुष्यमात्र की शाश्वतताएँ हैं; नियति भी कहा जा सकता है। इतिहास सिवाय काल-सम्बन्धी आश्वस्ति से अधिक और क्या है? विचार कालातीत तो होते ही हैं, परन्तु मानवीय आश्वस्ति भी होते हैं अत: इतिहास से कहीं अधिक सार्थक, उपादेय एवं महत्त्वपूर्ण भी।

रामायण, वैयक्तिक चक्रव्यूह की करुण-कथा है तो महाभारत, सामाजिक व्यूहों-प्रतिव्यूहों की अनन्त त्रासद महागाथा। एक में दु:ख भोगते मनुष्य का एकान्त बाँशीरव है तो दूसरा युद्धकामी मानवों का दुर्धर्ष वाद्यवृन्द। दोनों के केन्द्रों में राज्य है। कैसी विषमता है कि सभ्यता का प्रतापी ग्रह भी राज्य ही है तथा मारकेश भी। राज्य त्याग के बाद राम वनवासी होते हैं तो राज्य प्राप्त होने पर भी भरत आश्रमवासी। राज्य का अर्थ न भोगी, न कांक्षी किसी के लिए कुछ नहीं रहता। वैसे शालीन भरत ने तो राज्य की कांक्षा भी नहीं की थी। राज्य, यह कैसा प्रतीक-विनायक है जो कि अपने सम्पर्क में आनेवाले को केवल उलझाता ही है। महाभारत में तो यह प्रतीक-विनायक विकसिततम रूप में विद्यमान है। धृतराष्ट्र का अन्धापन एक ऐसा सार्वजनीन सत्य है जिसे केवल चरित्र-विशेष नहीं कहा जा सकता। कम-से-कम महाभारत तो मात्र महाकाव्य नहीं लगता। इतिहास की कैसी ही समग्र संज्ञा उसके लिए छोटी ही होगी। वह स्वयं ही अपने में इतना सम्पूर्ण संसार है कि उसकी एकमात्र संज्ञा प्रतिसृष्टि ही सम्भव है। कई बार तो ऐसा लगता है कि महाभारत, काव्यमात्र की भृगुसंहिता है। किसी भी देश-काल में मनुष्य कैसा ही वैयक्तिक अथवा सामाजिक आचरण करे, महाभारत में उसकी प्रतिकृति अवश्य मिल जायेगी। मनुष्य-व्यवहार का यह प्रथम एवं अन्तिम कोष है।

मनुष्य से अधिक उन्नत एवं संस्पर्शी रचनात्मक वाद्यता सृष्टि में अन्यत्र नहीं। प्रकृति, पदार्थ और चेतना को मिश्रित रूप में इससे अधिक विकसित नहीं प्रस्तुत कर सकती। जैवीयता की पराकाष्ठा है मनुष्य और इसीलिए यह श्रेष्ठ है। यह संस्पर्शी श्रेष्ठता उसके गुणसम्पन्नों की है। जिस दिन मनुष्य गुणसम्पन्नयुक्त अपने भागवत-स्वरूप को पहचान लेता है तो वह पूर्णपुरुष होने के लिए बाध्य है, परन्तु यह भी उतना ही कटु सत्य है कि मनुष्य से अधिक जड़ भी जड़ नहीं होता। जड़ता और ऊर्ध्वता, दोनों ध्रुवों पर मनुष्य ही है। यह स्वयं पर निर्भर करता है कि आप इस सोपान में अपने को कहाँ स्थित करते हैं। अतः इस आक्षांश-देशान्तरवाली भूमि का जैसा भी और जितना भी दैवीय और क्रूर इतिहास है वह केवल मनुष्य का इतिहास है। शेष सृष्टि चाहे वह पशु-पक्षी की हो या जंगल-मैदान की, सबकी हवि दी गयी है।

वस्तुतः हमें अपनी इतिहास-दृष्टि में परिवर्तन करना चाहिए। इतिहास के नाम पर केवल क्रूर पुरुषों को ही इस प्रकार पढ़ाया जाता है जैसे कि वे आदर्श पुरुष हैं। तलवारों के बल पर भौगोलिकताओं को बदलनेवाले इतिहास-पुरुषों को पढ़ाया जाये और अपेक्षा यह की जाय कि हम आचरण उन निरीह सन्तों के जीवन की भाँति करें जिन्हें या तो क्रास पर चढ़ा दिया गया या सूली दे दी गयी या विष दे दिया गया या अन्त में गोली का शिकार होना पड़ा। इस निरर्थक तथा वैषम्यपूर्ण शिक्षा का तनाव मानवीय व्यक्तित्व का, संकल्प का, दिशा का हनन करता है। इतिहास की सबसे बड़ी दुरभिसन्धि यह है कि वह राजनीतिक नृशंसता को सभ्यता की केन्द्रीय शक्ति के रूप में प्रतिष्ठापित तथा गौरवान्वित करता है और मानवीय उदात्तता एवं सद्गुणों को अप्रासंगिक एवं अवान्तर बनाता चलता है, जब तक इस इतिहास-दृष्टि के बारे में आमूल परिवर्तन नहीं होगा तब तक मानवीय कल्पद्रुमता सम्पूर्ण सामाजिक स्तर पर पुष्पित नहीं हो सकती।

मुझे सदा यह लगता रहा है कि जिस देश और जाति के पास जितना बड़ा इतिहास, समुन्नत संस्कृति, धार्मिक उदात्त दृष्टि एवं श्रेष्ठ साहित्य होता है, उसके दो ही परिणाम हुआ करते हैं। या तो हम सामान्य व्यक्ति की भाँति अपने अतीत का गौरव-गान करते हुए अपनी हीनता को छुपाते रहें अथवा अतीत की उस महिमा-मण्डित महाद्वीपता के समकक्ष अपना भी कोई यशद्वीप समानान्तर रूप से निर्मित करें अथवावाला यह कार्य उतना सामान्य नहीं। इसके लिए असामान्य वर्चस्व तथा निर्मम संकल्प की अपेक्षा हुआ करती है। अतीत को वर्तमान बनाकर भविष्य के रूप में प्रस्तुत कर देना भगीरथ व्यक्तित्व की माँग रखता है। वैसे तो सभी देशों, जातियों और सभ्यताओं के पास या तो अतीत की पौराणिकता है या नहीं तो मध्यकालीन ऐतिहासिकता की कुछ-न-कुछ ऐसी परम्पराएँ हैं ही कि जिन पर उचित-अनुचित गर्व कर सकते हैं, परन्तु हमारी कठिनाई दूसरी सारी सभ्यताओं,

जातियों तथा देशों से कहीं अधिक है। इतिहास के क्रम में अधिकांश सभ्यताएँ अपने अतीत से कटकर सर्वथा भिन्न भावभूमि ग्रहण कर चुकी हैं अत: उनका अतीत एक प्रकार से उनके रचनात्मक व्यक्तित्व के लिए शेष हो चुका है। परन्तु हमारी कठिनाई यह है कि एक ओर तो हम बहुश्रुत तथा बहुविध परम्पराओं से मण्डित हैं और दूसरी ओर हमारी जातीय अस्मिता पर गत दो हजार वर्षों से क्षारपर्तें निरन्तर पड़ते-पड़ते इतनी कड़ी पड़ गयी हैं कि रामकृष्ण, विवेकानन्द, गाँधी या अरविन्द द्वारा किये जानेवाले मोहभंग से भी हमारा स्वत्व जाग्रत नहीं होता। चाहें तो कह सकते हैं कि इसके लिए आवश्यक हो गया है—मृत्युभंग!! हमारी अस्मिताहीनता में और जड़ता में थोड़ा ही अन्तर रह गया होगा। भले ही हम अपनी अस्मिताहरणता के लिए सामी वैचारिकता को दोषी ठहरायें पर वास्तविकता यह है कि अब हमें किसी भी बाहरी शत्रु की आवश्यकता नहीं रह गयी है।

जिस प्रकार किसी देश की भौगोलिकता में परिवर्तन मनुष्य द्वारा नहीं सम्भव है उसी प्रकार घटित इतिहास को भी नहीं बदला जा सकता और क्यों? पश्चिम की भूमि में आम नहीं होता क्योंकि वह पूर्वीय भूमि की भौगोलिकता की ही विशेषता है, तब हमें धर्म की ऐतिहासिकता क्यों असुविधाजनक लगती है? मैं किसी भी प्रकार के धार्मिक संस्थान का पक्षधर नहीं, परन्तु तात्त्विक स्तर पर पूछना चाहूँगा कि क्या हमारी धर्मदृष्टि भी सामी धर्मदृष्टियों की भाँति अनुदार रही है? क्या निरन्तर उसमें परिवर्तन करते हुए उसे मनुष्यमात्र के लिए सहज उपलब्ध बनाने की चेष्टाएँ नहीं की गयी हैं? जीवन को देखने, परखने और रचने की सीमा-दृष्टि ही एकमात्र ऐतिहासिक, आधुनिक तथा किसी सीमा तक वैज्ञानिक दृष्टि भी है, यह मानकर अपनी दृष्टि को तिलांजलि दे देना कितना खतरनाक होता है इसके हम प्रमाण हैं। औद्योगिक युग में दासता का यही स्वरूप हुआ करता है। अत: हम प्रथम कोटि में आते हैं कि अतीत का गुणगान करते हुए अपनी हीनता को छुपाये रखें। अपने अतीत का गुणगान करने का भी यदा-कदावाला जो यह साहस है उसके पीछे भी पश्चिम का ही प्रश्रय है न कि किसी आत्म-प्रतीतिवश हम ऐसा करते हैं।

हमने अपनी स्वतन्त्र इतिहास-दृष्टि गत दो हजार वर्षों में कभी निर्मित ही नहीं की तब भला वह विकसित कैसे होती? इसीलिए सामी जातियों, सभ्यताओं और संस्कृतियों की दरारों, दुरभिसन्धियों तथा कूटताओं को कभी नहीं जान पाये। अपने धर्म-परिवर्तन के कारण सामी जातियाँ अपने अतीत की गौरव परम्पराओं, वैचारिक सम्पदाओं तथा पूजा-आस्थाओं से कट गयीं। इस प्रकार की बातों का सामान्य जीवन तक पर प्रभाव पड़ा करता है। यह बात अलग है कि सामान्य जन इसका दुष्परिणाम प्राय: नहीं समझ पाता है, परन्तु इस प्रकार की ऐतिहासिक दुर्घटनाओं से जातीय सृजनात्मकता में क्रान्तिकारी परिवर्तन आ जाया करते हैं। जातीय सृजनात्मकता की प्रकृति ही बदल जाती है। किसी भी देश की या जाति की

जातीयता उसकी मिथकता है। सामी धर्मों ने धर्म-परिवर्तन करनेवाली जातियों, देशों और सभ्यताओं को उनके अपने विचार-दर्शन, पूजा-आस्थाओं और मिथकों से सदा के लिए काट दिया, फलतः समय के साथ गहनतर हो जानेवाले सभ्यता के विकास की, जो कि धर्म को भी विकसित करता है, दिशा ही अवरुद्ध हो गयी। जब धर्म या दर्शन अपनी जातीय अस्मिता, इतिहास-प्रक्रिया की उपज नहीं होता तब वह जातीय रचनात्मकता में सहयोगी नहीं होता। अतीत की ऐसी मिथकता क्या पश्चिम, क्या मिस्र, क्या ईरान सभी के लिए मृतप्राय है, परन्तु ऐसा हमारे साथ तो नहीं है। राम, कृष्ण, शिव तथा इन्द्र की मिथकहीनता के बाद क्या भारतीय सृजनात्मक मनस् वैसा ही निष्प्रभ नहीं हो जायेगा जैसा कि सामी देशों में है? इसीलिए जीवन्त मिथकता के अभाव में धर्म की रूढ़ियाँ जकड़बन्दी अधिक हो जाया करती हैं। भारतीय सन्दर्भ में धर्म की वैसी जकड़बन्दी, सामाजिक अनिवार्यता नहीं है जैसी कि सामी धर्मों में है। इसीलिए भारतीय सृजनात्मक मनस् की यात्रा और सामी सृजनात्मक मनस् की यात्रा में प्रतिविरोध है। सामाजिक रूप से कट्टर धार्मिकतावाला सभी सृजनात्मक मनस्, रचनात्मक स्तर पर अराजक होने की चेष्टा करता है। अपने अवचेतन में वह उस धार्मिक जकड़बन्दी से मुक्ति का अनुभव करना चाहता है और वह एकाकी हो उठता है; जबकि इसके विपरीत सामाजिक रूप से अराजक धार्मिकतावाला भारतीय सृजनात्मक मनस्, रचनात्मक स्तर पर धर्मप्राण होने की चेष्टा करता है ताकि सृष्टि के महाभाव से एकात्मकता अनुभव कर सके। क्या यह साधारण अन्तर है कि भारतीय सन्दर्भ में सारी महत्त्वपूर्ण कविता धार्मिक महाभावप्रधान रही है, परन्तु सामी साहित्यों में धर्म और काव्य में ऐसी कोई युति नहीं है? अपनी रचनात्मक अक्षमता की क्षतिपूर्ति के लिए पश्चिम ने गद्य का विकास यथार्थ के धरातल पर किया। मिथकों के अभाव को यथार्थ चरित्रों के द्वारा दूर करने की चेष्टा की गयी। विस्तार में न जाकर इतना ही कह देना काफी होगा कि मिथक, जातीय मूल्यवत्ता के प्रतीक होते हैं जबकि चरित्र अधिक-से-अधिक वैयक्तिक अथवा सामाजिक वैचारिकता, घटनात्मकता के प्रतीक होते हैं। अतः शुद्ध यथार्थिक चरित्र की ओर की गयी पश्चिमी गद्य की इस सृजनात्मक यात्रा का क्या परिणाम निकला? ऊर्ध्वोन्मुखी मिथकों के स्थान पर जड़ीय वैयक्तिकता तथा अमानवीय सामाजिकता की अन्ध-गुफाओं में भटकते हुए मूल्यहीन, व्यक्ति-द्वीपवाले अजनबी लोग या फिर राजनीतिक यातना-शिविरों में त्रास पाती मानवता ही तो सामने आयी। इससे अस्वीकार हो ही नहीं सकता है कि साहित्य की आधारभूत भाव-भूमि यथार्थ ही होती है, परन्तु प्रश्न है सृजनात्मक दृष्टि का। जब तक वह ऊर्ध्वोन्मुखी असंगता से प्रसूत नहीं होगी तब तक कैसा ही मेधावी प्रणयन क्यों न हो सामाजिक परिवर्तन का कारण नहीं बन सकता। जातीय ऊर्ध्वोन्मुखी अस्मिता की वाहिका धर्मदृष्टि हुआ करती है। मैं पुनः स्पष्ट कर देना

चाहता हूँ कि धर्म से तात्पर्य किसी सम्प्रदाय, मठ या संस्थान से नहीं है। धर्म, प्रकृति की भाँति उदार एवं असंग होता है। काव्य और साहित्य के लिए मैं इसी धर्म की अस्मिता का पक्षधर हूँ। आज के अस्मिताहीन वातावरण में ऐसी काव्य-अस्मिता की चर्चा पर समकालीनता लांछन लगा सकती है, परन्तु इससे सृजनात्मक शून्यता की वास्तविकता नहीं बदल जायेगी। हम जितनी तेजी से बिना अपनी भौगोलिकता एवं जलवायु का विचार किये भारतीय स्थापत्य के स्थान पर पश्चिमी स्थापत्य ला रहे हैं सम्भवत: उससे भी अधिक तेजी से उन स्थापत्यों में बसाये जाने के लिए सामाजिकता को भी स्वरूपित करने में सन्नद्ध हैं। चार ठगों ने प्राचीनकाल में किसी सत्पुरुष के बछड़े को बारम्बार श्वान कहकर उसे ठगा था। कठिनाई केवल यही हुई कि हमने इस कथा को पढ़ते समय भी तथा आज भी अपने अस्मिताहरण से कहीं इसे नहीं जोड़ा।

व्यक्तिगत रूप से हम सब रामायण के पात्र हैं जो कि प्रति-व्यवहार करते समय महाभारत के चरित्र बन जाते हैं। इसीलिए ये दोनों ग्रन्थ पढ़ते समय ऐसा नहीं लगता कि ये केवल मात्र पोथियाँ ही हैं जिनका प्रणयन वाल्मीकि, व्यास, वैशम्पायन और सौति तक ही सीमित है। मानवीय चरित्र की ऐसी विशाल फलकता और अप्रतिम प्रतिभा, संयम की कलात्मक यथार्थता क्या कोई सृजनात्मक चुनौती नहीं देती? कालपत्रों पर उत्कीर्णित महाभारत की यह महागाथा किसी भी मेधावी को ठण्डा पसीना ला सकती है। कहना न होगा कि भारतीय भौगोलिकता का सिंचन जिस प्रकार मुख्य रूप से हिमालय, विन्ध्य और सह्याद्रि पुत्रियों से ही होता है, उसी प्रकार भारतीय मानसिकता का सिंचन-पल्लवन रामायण-महाभारत आदि आकर स्रोतों से ही सम्भव है। धर्म, संस्कृति, सभ्यता या साहित्य कभी भी गमलाई-वानस्पतिकता नहीं हुआ करते। प्रमाण हैं—दीने-इलाही, ब्राह्म-समाज, प्रार्थना-समाज, उर्दू भाषा-साहित्य और आज के अंग्रेजी के भारतीय लेखक। इन आकर स्रोतों तक प्रत्येक भारतीय सृजनशीलता ने अपनी मिट्टी में स्नात होकर पदयात्रा की। वैसे तो इस प्रकार की थोड़ी-बहुत यात्राएँ प्रत्येक प्रकार की सृजनशीलता को भी करनी ही पड़ती हैं और तभी समझ में आता है कि कौन यात्रिक था और कौन 'टूरिस्ट'। हिमालय जड़ भी है और चेतन भी। वह गमलाई-वनस्पति के पोषकों के लिए 'हिमालया' पहाड़ भर है पर अधिकांश धूसरित भारतीयता के लिए धूर्जटी चेतना रूप है। हिम की शुभ्रता, तेजस्विता आदि हमारी पात्रता और स्थिति पर निर्भर करती है। धर्मदृष्टि बदल जाने के बाद कुछ के लिए गंगा और गन्दे जल में कोई अन्तर नहीं रह जाता। अपने मिथकों से कट जाने का ही यह परिणाम होता है कि देवतात्मा हिमालय तथा पंचगंगाओं के बीच में होने पर भी गढ़वाल में भैंसें चराते काश्मीरी मुस्लिम अहीरों की न जल, न पर्वत, न अरण्य किसी से कोई रागात्मकता नहीं होती। मुझे यह लगता है कि भारतीयता, शेष

मानवता से इसी अर्थ में भिन्न है कि हमारी विकास-यात्रा हिंसा से अहिंसा की ओर रही है जबकि शेष मानवता की यात्रा हिंसा से घोर हिंसा की ओर। भारतीयता ने जड़ को भी चेतनत्व प्रदान किया जबकि शेष ने मनुष्य को भी जड़ बना देने का उपक्रम किया है। जब तक इन बातों को आधार बनाकर इतिहास-दृष्टि निर्मित नहीं की जायेगी तब तक हम सदा गलत निर्णयों पर पहुँचेंगे।

मुझे यह संसार, सृष्टि, संगीत के पर्याय लगते रहे हैं। धूप मेरे लिये वस्तुतः धूप न होकर जौनपुरी का आलाप लगती है। इसीलिए जहाँ रामायण मुझे भारतीय ऐकान्तिकता की कोमलकान्त भैरवी या ब्राह्ममुहूर्त्त के पूर्व की ब्राह्मणी विहाग लगती है, वहाँ मुझे, महाभारत, भारतीय समवेतता का उदात्त एवं असंग भैरव या अग्निकाषायी शंकरा लगता है। इस संगीत-वाकोत्सव को मैंने अपने व्यक्तित्व के अनगढ़ इकतारे में एक सुगन्धित अनुष्ठान के रूप में सम्पन्न होने दिया है फलतः अनायास ही मेरे असिद्ध-कण्ठ से भी कभी कोई आलाप फूट पड़ता है।

सम्पूर्णता की दृष्टि से यही लगता कि रामायण, भारतीय जन-जीवन का माधुरी भाव है जो कि अगत्या महाभारत के निष्काम-कर्म की ही भाँति निर्वेद है। सृजनशीलता की इस असंगता ने मुझे बारम्बार झकझोरा है। रचनात्मकता के स्तर पर न पात्र, न चरित्र और न रचनाकार किसी भी आसक्ति का कोई अर्थ नहीं। सम्भवतः इसीलिए भारतीय काव्य में 'पर्सनल-लेखन'-जैसा कोई विभाजन नहीं। लेखन के क्षेत्रों में भी इस प्रकार की पर्सनल भावना पाश्चात्य औद्योगिक कूटता की देन है। सामन्तयुगीन वास्तुशिल्प में भी निजी कक्ष नामक कोई कक्ष नहीं होता था। खुले प्रांगणों-दालानों के उस राजस जीवन तक में दास-दासियों तक का खुला प्रवेश था। लेखक भी सार्वजनीन था। हाँ, पर्सनल से अधिक महत्त्वपूर्ण स्थिति जो हमें देखने को मिलती है वह थी आत्म-साक्षात्कार की। अतः इस प्रकार की अनेकानेक बातें हैं जिन पर आधुनिक ढंग से, पाश्चात्य मुक्त मनस् से विचार करने पर ही हम अपनी अस्मिता को समझ सकेंगे अन्यथा हम पश्चिम के वैचारिक उपनिवेश ही सघनतर होते जायेंगे।

मुझसे पूर्व भी अनेक सार्थक कवियों ने इन आकर स्रोतों तक रचनात्मक यात्राएँ की हैं। इस सन्दर्भ में सबसे बड़ी कठिनाई यह होती है कि इन महाग्रन्थों में जो घटनाएँ हैं यदि उन्हें यथातथ्य रूप में ही ग्रहण किया जाये तो वह रचना, मात्र इतिवृत्तात्मक तो हो ही जायेगी, लेकिन इससे भी अधिक संकट की स्थिति यह होगी कि जैसे स्फटिक प्रसन्न-जल अपनी सम्पूर्ण स्पष्टता में भी यह नहीं अभिव्यक्त होने देता है कि उसका जलीय व्यक्तित्व कितने 'पुरुष' का है। हम साधारणतः इस प्रकार के जलीय व्यक्तित्व में इतिवृत्तात्मकता समझकर ही प्रविष्टते हैं और वह स्फटिक स्पष्टता वास्तविकता में असाधारण अथाह निकलती है। वैसे इससे बचने के लिए नवीन उद्भावनाओंवाला मार्ग तभी सुकर हो सकता है जब रचनाकार के

पास भी उतनी ही बड़ी नयी लोकदृष्टि एवं आधुनिक सृजनात्मक क्षमता उपलब्ध हो, अन्यथा पौराणिकता के जलों को नहीं छूना चाहिए। ये ऐसी एकान्त बावड़ियाँ हैं जो अपने प्रशान्त जलों पर काई के आवरण डाले मौन हैं। इनमें अवगाहन आसान नहीं होता। तुलसी ने मात्र प्रसंग सम्बन्धी नवीन उद्‌भावनाएँ ही नहीं कीं, बल्कि अपनी लोक-दृष्टि एवं सृजनात्मक क्षमता के बल पर राम-कथा को अन्तिम रूप से धर्म-वेदी प्रदान की। इसी प्रकार कालिदास ने भी 'अभिज्ञानशाकुन्तलम्' में नागरिकता और आरण्यकता को प्रति-सम्मुख खड़ा करके महाभारत के एक साधारण प्रसंग को अप्रतिम बना दिया। वैसे एक और मार्ग भी है—'प्रसाद' का। 'कामायनी' का अतीत, आतीतिक ग्रन्थिवाला या पौराणिक ग्रन्थिवाला अतीत नहीं है। 'कामायनी' का वर्ण्य-विषय उस अर्थ में पौराणिक नहीं है जिस अर्थ में पौराणिकता से भय लगता है अथवा जिसकी उपेक्षा की जाती है। 'प्रसाद' ने पौराणिकताहीन इस अतीत का सम्पूर्ण लाभ उठाया है। फिर भी यह प्रश्न तो है ही कि क्या पौराणिकता के व्यूह का भेदन करके उसमें घिरी या अभिव्यक्त जीवनदृष्टि को पुन: आधुनिक सन्दर्भ दिया जा सकता है? मुझे लगता है कि यह सर्वथा सम्भव है क्योंकि वे मात्र चरित्र नहीं हैं बल्कि मिथक हैं। आधुनिक कविता से दो प्रमाण तो दिये ही जा सकते हैं कि ऐसा सम्भव है—'अन्धा युग' और 'आत्मजयी'। मुख्य बात है स्वतन्त्र काव्य-दृष्टि। यदि कवि के पास यह प्रज्ञात्मकता है तो वह असन्दिग्ध रूप से सभी प्रकार के जलों में सन्तरण कर सकता है।

राम और श्रीकृण भारतीय मानसिकता के अक्षांश और देशान्तर हैं तथा इन दोनों की युतिवाला आग्नेय बिन्दु ही शिव है। पुराण, धर्म के कथा-वस्त्र हैं। इन्हीं कथा-वस्त्रों में सज्जित कर धार्मिक सम्प्रदाय अपने-अपने इष्ट प्रस्तुत करते हैं। राम, श्रीकृष्ण और शिव के चरित्रों में आधारभूत भिन्नताएँ हैं। इसीलिए इन तीन इष्टों का अपने-अपने सम्प्रदायों से सम्बन्ध भी भिन्न प्रकार का है। राम अत्यन्त कोमल राग हैं। राम के आदि गायक वाल्मीकि ने आरम्भ से ही राम के व्यक्ति में कोमल, तीव्र और षड्‌ज स्वरों का बहुत अधिक ध्यान रखा है। सम्पूर्ण राम-कथा जलरंग चित्रशैली में प्रस्तुत हुई है। विषम-से-विषम स्थिति के रंग भी धुले, फीके तथा घुले-मिले हैं। कोई रंग किसी दूसरे रंग पर आक्रामक रूप से छाता नहीं है बिल्क सब एक-दूसरे को प्रति-सम्पूर्ण ही बनाते हैं। एक चरित्र के रूप में राम का जितना सृजनात्मक व्यवहार हुआ उतना दूसरे किसी चरित्र का नहीं हुआ। इसका कारण सम्भवत: यह था कि राम में अपौरुषेयता के स्थान पर कहीं विश्वसनीय साधारणता भी रही है। राम की दैवीयता में मानवीय सुगन्ध भी थी। गत चार सौ वर्ष पूर्व तुलसी की मेधा ने इस चरित्र को बड़े ही रचनात्मक साधिकार भाव से मन्दिर-मण्डित कर दिया। तुलसी के पूर्व भी राम देवता थे परन्तु तुलसी ने राम के चरित्र के देवत्व को आग्रह के साथ रेखांकित किया। इसी आग्रह-दृष्टि के कारण

तुलसी प्राय: साहित्य की सीमा का भी अतिक्रमण करते रहते हैं। राम के चरित्र में इस मन्दिर–मर्यादा ने यह आमूल परिवर्तन ला दिया कि जनमानस के लिए वह कई अर्थों में अब विश्वसनीय साधारणतावाले दैवीय–पुरुष न रहकर कीर्त्तनप्रिय प्रतिमा बन गये। नतीजा यह हुआ कि सृजनात्मक मनस्, राम से दूर होता गया। समस्त रीतिकाल में राम कहीं आलम्बन नहीं हैं। छायावाद में 'राम की शक्ति–पूजा' ही एकमात्र अपवाद है, जबकि भारतीयता का दावा उसका काफी बड़ा रहा है। क्या यह कहना बहुत अनुचित होगा कि छायावाद मुख्यत: फैशनेबल भारतीयता का ही काव्य है? ब्राह्म–समाज और प्रार्थना–समाज का ही साहित्यिक स्वरूप रवीन्द्र तथा छायावादी काव्य हैं। इसीलिए रवीन्द्र के पूजा–गीत या निराला की प्रार्थनाएँ साहित्य की सीमाएँ अतिक्रमित नहीं कर पायीं। छायावादी काव्य किसी धर्म–दृष्टि या दर्शन की भावभूमि का प्रतिफल नहीं है। वह तो रीतिकालीन या उत्तर रीतिकालीन तद्भव काव्यभाषा के विरुद्ध तत्सम काव्यभाषा का आन्दोलन था। यदि किसी अभिनव धर्मदृष्टि या दार्शनिक भावभूमि का प्रतिफल होता तो तुलसी या भक्तिकालीन कवियों की बढ़ती लोकप्रियता का विकल्प बनता, अस्तु। सृजनात्मकता के किस स्तर पर कवि–दृष्टि को भविष्य में सम्प्रदायवादी मन्दिर–मर्यादावाले राम को पुन: प्राप्त करने का रचनात्मक संघर्ष करना पड़ेगा, आज कहना कठिन है; परन्तु यह भी उतना ही सत्य है कि साहित्य, राम–जैसे महत्त्वपूर्ण मिथक को सदा के लिए कीर्त्तनियों के हाथों में नहीं रहने दे सकता। राम यदि मात्र चरित्र होते तो चिन्ता न होती, परन्तु वह जातीय मिथक हैं। तुलसी ने राम में वाल्मीकि से आगे की सम्भावनाएँ प्रस्तुत कीं। अब वह भविष्य के कवि का काम होना चाहिए कि इस मिथक की भावी सम्भावनाएँ प्रस्तुत करे।

जहाँ तक श्रीकृष्ण का सम्बन्ध है, वह सर्वमान्य लीलापुरुष हैं। उनकी यह लीलामयता उनके चरित्र निरूपण में भी विद्यमान है। श्रीकृष्ण की कल्पना में चरित्र और मिथक का योग है; यह सन्धि है गोपाल और पार्थसारथी की। इस सन्धि के पीछे कितनी ऐतिहासिकता, कितनी वास्तविकता आदि है यह प्रमाणित करना कठिन भी है तथा हमारा प्रतिपाद्य भी नहीं। श्रीकृष्ण से सम्बन्धित सम्प्रदायों ने या तो उनके बालमुकुन्द रूप को स्वीकारा या बहुत हुआ तो उनकी गोपीवल्लभता के कारण राधायुक्त युगल सरकार को मान्यता दी। सम्प्रदायों की इस परिसीमा के कारण श्रीकृष्ण के चरित्र में जो सर्वसत्तात्मक, सर्वप्रभुतासम्पन्न, अनासक्त एवं गत्यात्मकता महाभारत में वर्णित है वह साहित्य के लिए अक्षय भण्डार है। उत्तर वैदिक देवतावाद में श्रीकृष्ण ही पौराणिकों की ऐसी देन हैं जो वैदिक सृष्टि–पुरुष तथा इन्द्र के समीप हैं। श्रीकृष्ण की चरित्र–खनिजता, मानवीय उदात्तीकरण के लिए सहज सुलभ है। युद्ध के चटख लाल रंगों की धधकती पृष्ठभूमि में अनासक्त गीता–गायक का निर्वेद नीलवर्णी व्यक्तित्व जिस अप्रतिम रूप में उकेरा या चित्रित किया

गया है, उसका समकक्ष स्वयं भारतीय पौराणिकता में दूसरा नहीं है तब ग्रीक, यूनानी या चीनी पौराणिकता की तो बात ही क्या है। जिन किन्हीं बाह्य कारणों से अवतारों को मूर्त करने की आवश्यकता पौराणिक चिन्तकों को अनुभव हुई होगी उसका सम्यक् एवं पूर्ण परिपक्व मिथक श्रीकृष्ण हैं। बुद्ध की आद्यन्त करुणा तथा राम के अकुण्ठ मर्यादा स्वरूप से शेष सभी गुणज्ञता श्रीकृष्ण के चरित्र की विभूति है। वैदिकता को छोड़कर जैन, बौद्ध और स्वयं सनातन धर्म मिथकों में भी श्रीकृष्ण की परिकल्पना से अधिक विकसित दूसरा कोई मिथक नहीं।

शिव मुख्यतः वैदिक देवता हैं। कहने को तो शिव से सम्बन्धित सम्प्रदाय हैं, परन्तु वस्तुतः शिव ने कभी न तो सम्प्रदाय को और न ही देवताओंवाली किसी धार्मिक सुविधा को स्वीकारा। वास्तव में शिव निरन्तर विकसित होते रहनेवाले एकमात्र देवता रहे हैं। शिव की सम्पूर्ण विकासयात्रा को देखने पर लगता है कि वह देवत्व का भी अतिक्रमण कर गये हैं। शिव से बड़ी अवधारणा किसी भी भावी मानव-मस्तिष्क से भी सम्भव नहीं हो सकेगी। काल और देशगत सभी सम्भावित एवं असम्भावित की मिथकता ही शिव हैं। साधारण ग्रामीण जन के बीच भोले बाबा नन्दी पर सपरिवार चढ़कर गाँव-गाँव में लोगों की करुणा से विगलित अवढरदानी हैं तो तान्त्रिकों के परमाराध्य अघोरशीर्ष भी हैं। हिमालय, संगीत, नृत्य, श्मशान, शक्ति, अनासक्ति, कल्याण, प्रलय, रौद्र, सहज, जन्मातीतता किसके प्रतीक शिव नहीं हैं? वह स्वयं प्रकृति भी हैं और पुरुष भी, इसीलिए सम्पूर्ण मानवी सभ्यता, संस्कृति, दर्शन और धर्म की मिथक अवधारणाओं में केवल शिव ही अर्द्धनारीश्वर हैं। पाशुपत रुद्र, सदाशिव भी हैं। बड़े ही सहज भाव से उन्हें प्रसन्न किया जाकर छला जा सकता है। शुभ्रवर्ण के इस देवाधिदेव के प्रति द्रविड़वंशी होने की भी शंकाएँ की गयी हैं। राम और रावण दोनों के ही वे आराध्य हैं। राक्षसों के मस्तक पर त्रिपुण्ड बन मण्डित होते हैं तो उनके संहारवाले सारे देवयजनों में अपनी शक्ति का प्रयोग भी करते हैं। शिव के देवत्व का जिस प्रकार का साधारणीकरण हुआ उतना किसी महत्त्वपूर्ण केन्द्रीय देवता का नहीं हुआ। शायद ही कोई ऐसी भारतीय बस्ती होगी जहाँ शिव प्रस्थापित न मिलें। इसीलिए केवल सृष्टि ही नहीं, बल्कि देश-कालातीत ऋतम्भरा प्रज्ञा की पराब्रह्माण्डता भी जिस पर आश्रित है वह शिव ही हैं। काल या देश का मूर्त या अमूर्त स्पर्श करने का तात्पर्य ही शिव का स्पर्श है। तात्पर्य है कि शिव से पृथक् कुछ भी नहीं।

इस सन्दर्भ में एक विचारणीय बात यह है कि जिस ऐतिहासिक दबाव में वैदिक धर्म को जब नवरूपित किया गया तब वह सनातन धर्म कहलाया। इस क्रान्तिकारी परिवर्तन का काफी श्रेय एकमात्र पुष्यमित्र शुङ्ग को जाता है। सनातन धर्म के आकर ग्रन्थों का निरूपण, प्रणयन तथा सम्पादन आदि किया गया। इसी सांस्कृतिक कार्यक्रम में पुराण सामने आये। पुराणिकों ने अपने मिशनरी उत्साह में

कुछ आधारभूत गलतियाँ भी कीं। यदि ये गलतियाँ अज्ञानवश होतीं तब तो समय ने उन्हें ठीक कर लिया होता, परन्तु लगता है वे सायास चेष्टाएँ थीं। उनमें से हम कुछेक की यहाँ चर्चा करना चाहेंगे। पुराणिकों ने शिव और इन्द्र के साथ स्पष्टत: पक्षधरता बरती। इस मिशनरी संकीर्णता की आँच काफी-कुछ शिव को लगी, पर इन्द्र तो उसमें स्वाहा ही हो गये। बेचारे ब्रह्मा—प्रजापति होने के बाद भी उन्हें तर्पण देनेवाला तक नहीं रहा। निश्चय ही इन्द्र की हत्या में पुराणिकों का घोषित हाथ है। ऐसा करने के पीछे कौन-सा ऐतिहासिक दबाव या दार्शनिक तर्क अथवा सिद्धान्त है, समझ में नहीं आता। हाँ, ऐतिहासिक दबाव को किसी हद तक समझा जा सकता है। तत्कालीन भारतीय स्थिति लगभग ऐसी थी कि विन्ध्य के ऊपर के भारत में बौद्ध-धर्म अधिकांशत: राज-धर्म बन चुका था। साथ ही कलिंग (वर्तमान उत्कल) से लेकर समस्त दक्षिण भारत गुजरात और साँभरझील तक का राजस्थान जैनधर्म से प्रभावित क्षेत्र था। वैदिक धर्म के प्रमुख देवता थे इन्द्र और वैदिक धर्म की मुख्य पहचान थी यज्ञ, और यज्ञ से हिंसा होती थी। अत: पुराणिकों की बाध्यता समझ में आती है कि जिस औपनिषदिक तथा वेदान्तिक चिन्तन की अहिंसावाली सर्वात्म विचारधारा से प्रेरणा प्राप्त कर जैन-बौद्ध विकसित हुए थे उसी को आधार बनाकर यज्ञ की कल्पना में आमूल परिवर्तन किया गया। यह परिवर्तन निश्चय ही स्तुत्य था। इस परिवर्तन का फल यह हुआ कि भारतीय भूमि का आधारभूत धर्म, पुन: अपनी विशाल वटता में पुष्पित हो उठा। जैन तीर्थङ्करों की परम्परा या बुद्ध और बोधिसत्त्वों की परम्परा कारण थे या और कुछ, कह नहीं सकते, परन्तु सनातन धर्म में अवतारवाद का सिद्धान्त अजीब गडमड रूप से प्रस्तुत हुआ। मत्स्य, कच्छप आदि अवतारों का आधार तो वैज्ञानिक सृष्टि विकास का द्योतक है, जो कि वेदसम्मत भी है, परन्तु राम, परशुराम, श्रीकृष्ण तो सर्वथा पुराणिकों की सृष्टियाँ हैं। वेद में जो विष्णु एक गौण देवता हैं उनकी वैदिकी वामनता को पुराणिकों ने विराटता में परिणत कर दिया। विष्णु को ऐसी प्रमुखता मिलने में निश्चय ही इन्द्र बाधक हो सकते थे अत: जिस रूप में, जिस भाषा में और जिस कृतघ्नता ने इन्द्र को विष्णु के महाभिषेक में बलिपशु बनाया गया वह नितान्त जघन्य कृत्य था। मुझे प्राय: यह लगा कि सनातन धर्म की नींव में 'इन्द्रमेध' सम्पन्न हुआ है। पुराणिकों ने अति उत्साह में अनेक विरोधी बातें तक कही हैं जिसमें एक तो 'हिमालयन-ब्लण्डर' की भाँति स्पष्ट है। क्या एक ही युग में एक ही साथ दो-दो अवतार सम्भव हैं? यदि ऐसा है तो 'यदा यदा हि' वाले श्लोक के अनुसार त्रेतायुग में कितना बड़ा अधर्म का विनाश रूप रहा होगा। जब राम और परशुराम अवतार साथ-साथ हुए। दूसरे यह कि अवतार तो विष्णु के हुए हैं तब राम की भाँति परशुराम भी विष्णु रूप ही हुए। समझ में नहीं आता कि विष्णु को एक ही साथ दो अवतारों की क्या आवश्यकता हुई थी? तीसरे यह कि राम द्वारा परशुराम का

अपमान, सारे राजाओं की उपस्थिति में पुराणिकों की ओछी मनोवृत्ति का परिचायक है। क्या यह निष्कर्ष बहुत गलत होगा कि पुराणिक यह सिद्ध करना चाहते थे कि यदि कोई अवतार भी शिवभक्त या शिव का पक्षधर होगा तो उसे भी नीचा देखना पड़ेगा?

देवराज इन्द्र, आर्य सभ्यता के परमाराध्य थे जिन्होंने असुरमहत (अहुरमज्द) वरुणपन्थियों से संघर्ष करके आर्य-सभ्यता को स्वरूपित किया था। वह कोई काल्पनिक चरित्र नहीं थे। उनकी जिजीविषा, चरित्र एवं व्यवहार अत्यन्त मानवीय था। समस्त वेद पद-पद पर जिसकी स्तुति से भरे पड़े हैं वही हठात् पुराणों में लुच्चा, लम्पट, चरित्रहीन, षड्यन्त्री, कायर तथा पदलोलुप बना दिया गया। जनता में इन्द्र की चरित्र-हत्या के लिए अहल्या-बलात्कार तथा गोवर्द्धन-धारण-जैसे निरर्थक प्रसंगों की उद्‌भावनाएँ की गयीं। लगता है कि इन पुराणिकों का इन्द्रद्वेष कोई सीमा नहीं रखता। लगे हाथ कुछ अन्य धर्मों ने भी इन्द्र को अपने मन्दिरों का द्वारपाल बना डाला। पुराणिकों की इस हीन ग्रन्थि को भलीभाँति समझा जा सकता है कि जब तक इन्द्र का पतन नहीं होगा तब तक वेदों के नगण्य विष्णु को सर्वसत्तात्मक सिद्ध नहीं किया जा सकेगा। राम और कृष्ण के भगवान् रूपों की जो भी स्थिति हो, परन्तु विष्णु न तो जनमानस और न ही भारतीय सृजनात्मकता—किसी को भी उद्‌दीपित न कर सके। पुराणिकों के ही अशोभन एवं अनुत्तरदायित्वपूर्ण व्यवहार का ही नतीजा हुआ कि दो कदम आगे बढ़कर सरेआम वाजिदअली शाह ने अपने पतुरिया समाज का नाम ही 'इन्दर सभा' रखा। इतने बड़े किसी जातीय मिथक का ऐसा घोर पतन, नृशंस हत्या अन्य धर्मावलम्बियों के द्वारा तो हुआ है, परन्तु अपने ही देश में, अपनी ही जाति के द्वारा हुआ हो, ऐसा उदाहरण अन्यत्र दुर्लभ है। भारतीयता के अस्मिताहीन हो जाने का और क्या प्रमाण हो सकता है? निश्चय राम और कृष्ण इन्द्र के स्थानापन्न नहीं बन सके, इसीलिए वर्चस्वी इन्द्र का पराभव, आधारभूत भारतीय वर्चस्विता, अस्मिता का पराभव है। उस आधारभूत भारतीयता का ही पराभव है जिसके उत्थान के हेतु पुराणिकों ने इन्द्र के विरुद्ध षड्यन्त्र किया। कई बार मुझे लगता है कि इस देश, जाति, संस्कृति और सभ्यता की ऐसी प्रदीर्घ अस्मिताहीनता का क्या कारण है? वेद, उपनिषद्, उन्नत दर्शन सम्प्रदाय, प्रशान्त आकर ग्रन्थ, पुष्कल सद्‌ग्रन्थ, सन्तों-महात्माओं की अक्षुण्ण परम्परा के होते हुए भी यह देश क्रमशः अस्मिताहीन ही कैसे होता गया? ज्ञान की सारी पोथियों का स्थान अगत्या सत्यनारायण की कथा-पोथी ले लेती है! शीर्षस्थ देवत्व का क्रमशः अवमूल्यन होते-होते कैसे अजीब देवी-देवता प्रमुखता पा जाते हैं। अतः ऐसा लगता है कि इस अस्मिता को इन्द्र का शाप लगा है। कल तक जो इन्द्र परमाराध्य था, उसे हमने पतुरियों के बीच में ले जाकर बैठाल दिया। जो काम महमूद गजनवी-जैसे विधर्मी न कर सके वह काम स्वधर्मी होकर

पुराणिकों ने सम्पन्न किया। निश्चय ही पुराणिकों ने हमें राम-कृष्ण की श्री से मण्डित किया, परन्तु इन्द्र से श्रीहीन भी किया है।

ऊपर मैं स्वीकार कर चुका हूँ कि इन जातीय मिथकों तथा जातीय कथाओं की सार्थकता हमारे आज के जीवन-संघर्ष के सन्दर्भ में भी है। 'संशय की एक रात' में युद्ध की अनुपादेयता को केन्द्र बनाकर राम के प्रज्ञा-व्यक्तित्व को प्रस्तुत करने की चेष्टा की थी। प्रस्तुत काव्य में राज्य, राज्य-व्यवस्था और उस व्यवस्था के दर्शन की अमानवीय प्रकृति एवं प्रवृत्ति को स्पष्ट करना चाहा है। इसीलिए मैंने कथा और कथा-पुरुषों की निर्वेद स्थिति एवं मन:स्थिति को ही अपने दोनों काव्यों में चुना, क्योंकि निर्वेद की स्थिति में ही मानवीय प्रज्ञात्मकता अपने विवेक रूप में होती है। यह अनासक्त मन:स्थिति होती है अत: अत्यन्त स्पष्ट रूप में समस्याओं के उलझे सूत्रों को, विरोधी गतिविधियों को देख सकती है। बिना ऐसी समग्र स्थिति एवं मन:स्थिति के हम जीवन को परिभाषित नहीं कर सकते। कहाँ तक प्रस्तुत काव्य में जीवन परिभाषित हो सका है—कह सकना मेरे लिये कठिन है, परन्तु यदि किंचित् भी आज के सन्दर्भ में यह काव्य किसी प्रकार प्रासंगिक लगे तो रचनाकार के नाते मैं अपना श्रम सफल समझूँगा। अन्त में श्री गिरिराज किशोर, अमर गोस्वामी और डाक्टर सत्यप्रकाश मिश्र ने पाण्डुलिपि को पढ़कर जो सुझाव दिये उनके लिए आभारी हूँ।

इति नमस्कारान्ते—
नवरात्रि, अक्टूबर, १९७४
९९-ए, लूकरगंज, इलाहाबाद-१

अनुक्रम

यात्रा पर्व—१

हिम, केवल हिम—
अपने शिवःरूप में
हिम ही हिम अब!
रंग-गंध सब परित्याग कर
भोजपत्रवत हिमाच्छादित
वनस्पति से हीन
धरित्री—
स्वयं तपस्या।
पता नहीं
किस इतिहास-प्रतीक्षा में
यहाँ शताब्दियाँ भी लेटी हैं
हिम थुल्मों में।
शिव की गौर-प्रलम्ब भुजाओं सी
पर्वत-मालाएँ
नभ के नील पटल पर
पृथिवी-सूक्त लिख रहीं।
नीलमवर्णी नभ के इस ब्रह्माण्ड-सिन्धु में
हिम का राशिभूत
यह ज्वार
शिखर, प्रतिशिखर
गगनाकुल।

याक सरीखे
धर्मवृषभ इस हिम प्रदेश में

यहीं कहीं
कहते हैं हंस-वाणियाँ सुन पड़ती हैं,
यहीं कहीं तो धूप-यान में
सूर्य-प्रियाएँ मानस-जल पीने आती हैं।
कानों में बजती इन शीत हवाओं में
क्यों लगता
जैसे कोई किसी कन्दरा में बैठा ऽ
हिमालय-धर्मग्रंथ का पाठ कर रहा।

हिम, केवल हिम—
केवल चलना
इस कठोर, ठंढी तापस प्रशान्तता पर
केवल चलना ऊर्ध्व
ऊर्ध्वतम ही है चलना
जैसे पृथिवी चलकर गौरीशंकर बनती!
छूट गये पीछे
कस्तूरी मृगवाले वे
मधु-माधव से उत्सव-जंगल,
ग्रीष्म तपे
ताँबियाये झरे पात की
वे वनानियाँ,
गिरे चीड़फूलों से लदी भूमि
औ' औषधियों के वल्कल पहने
परम हितैषी वृक्ष
सभी कुछ छूट गये।
नाना वर्ण-गन्ध के फूलों वाली
उपत्यकाएँ—
देव-अप्सराओं के परिधान सरीखी।
रंग-बिरंगे डैनों वाले
वे पाखीदल

और साँझ का देवदार-वन वाला उनका
वह आकुल आरण्यक-कूजन,
जैसे आश्रम-कन्याओं की गोपन बातें।

कैसे अन्धकार उतरा करता था
वन-प्रान्तर में!
प्रत्येक पेड़ से
कुहरे जैसा आलिंगित हो
अन्धकार तब भर उठता था।
पर इस सबसे असम्पृक्त रहता था
केवल शब्द, नदी का
और हवा का।
उस उन्मुक्त हवा में
चीड़ों के वन
झरनों से कलकल करते,
जैसे अभिसार-प्रिया उन्मुक्त केशिनी का चीनांशुक
चीड़ों से
हँस-हँस रस की कथा कह रहा।

चीड़फूल सा कैसा सूर्योदय होता था।
प्रत्येक मोड़ पर
दक्षपुत्रियों सी मिलने वाली वे उद्दाम
किन्तु संकोची नदियाँ,
चट्टानों पर लहर-फनों का
धुला-धुला सा वह कोलाहल;
हर क्षण
घाटी या कि नदी में
गिर सकने वाली वे
पर्वत थामे चली जा रहीं
पगवाटें भी छूट गयीं

सब छूट गयीं—
जैसे सांसारिकताएँ थीं ये भी।

वन, दुर्दम्य भले ही हों
पर मानुष-गन्धी भी होते हैं।
कैसा आश्वासित कर जाता था
कृष्णा कपिलाओं की घण्टी का स्वर,
कहीं किसी बस्ती का वह
झीना-पतला सा धुआँ मात्र
कौटुम्बिकता का सुख देता।
दावानल में
जलते जंगल के पेड़ों का वह कराहना
मध्यरात्रि के सन्नाटे में कैसा लगता—
जैसे युद्धक्षेत्र में दुर्योधन अब भी कराहता!
पत्थर के प्रपात सा
टूट-टूट कर गिरना
वह कच्ची कगार का,
जैसे युद्धक्षेत्र में तेज हवाएँ
नरमुण्डों को टकरा-टकरा बजा रही हों।

छूट गयीं औषधिगन्धा
सत्कारप्रिया विनयी वनानियाँ,
अब तो वल्कल-वस्त्रों सी उतर रही
नीचे की ओर
वनस्पतियों वाली धरती।
यहाँ-वहाँ दो चार शेष
हिम-भार लदे
ये अन्तिम भोजपत्र
संन्यासी यात्रिक सा
जिनकी यात्राएँ यहीं शेष।

निकट आ रहीं
हिम की आदिम, दुस्तर
महाभित्तियाँ—
जिन पर मछली
जमी हुई हिम के अज्ञात चित्र
औ' लिपिविहीन
श्वेताक्षर वाले शिलालेख,
जाने किस पुराकाल की
त्रासद-गाथा करते अंकित।
यह त्रिपुण्ड सी खिंची
हिमालय के ललाट पर
उत्तर दिशि
स्वीकार जिसे केवल निर्माल्य
व्यक्ति का!
चरैवेति!!
धर्मराज! इस स्वर्गारोहण के पथ पर
चरैवेति!!!

हिम, केवल हिम—
ओ यात्रा के चरैवेति !
अभी और कितनी बाकी हैं
पंच पाण्डवों के ललाट में परिक्रमाएँ?
पूरी पृथ्वी-प्रदक्षिणा करवा कर भी
किस ध्रुव जैसे निर्जन प्रदेश में ले आयीं तुम?
देवदारु औ भोजपत्र ही नहीं
जहाँ ब्राह्मी भी अपनी वनस्पति लाने में डरती।
ओ चरैवेति!
इस ठण्डे गोरे अन्धकार में
तुम क्यों यात्राओं का आमंत्रण देतीं?
एकाकी कागों की छायाएँ भी

छूट गयीं पीछे, नीचे को।
सम्मुख हैं
सोये हिमनद, विकराल—
लील जाने को आकुल।

हिम, केवल हिम—
पौराणिक, विराट हिम-ऐकान्तिकता
हिमांधियों के रौरव-चर्म लपेटे
अक्षत आदिमता में
इतिहासों पर अट्टहास करती
बघनख सी चींथ रही
सब दिशा-काल को।
देवाधिदेव हिम-अभ्यंकर के जटाजूट से
जन्म ले रहीं गंगाएँ
हिमनद रूपों में।
इन्द्रधनुष के तोरण द्वारों से होकर
झरते प्रपात
ऽ अनाविल स्तोत्र पढ़ रहे।
संन्यासी के मन जैसा
कैसा प्रदेश—
यह निर्विकार, सम्बन्धहीन
है पन्थहीन
पदचिह्न हीन
जैसे हिमभाषा में लिखित
उपनिषद्।

केवल यहाँ अपर्णा पार्वती ही जाग्रत है
ऽ चन्द्रचूड़ इस हिम-शिवाङ्क में।
मनुज यहाँ वर्जित
क्योंकि वनस्पति तक ही हैं

उसकी सीमाएँ।
किन्नर-गन्धर्वों और यक्ष-देव के सोपानों से ही
जाना होता ऊर्ध्वलोक में।
सौंप दिये रथ मैदानों को
छोड़ दिये पथ वनानियों में,
अब केवल संकल्प छोड़ कर
पाण्डवदल के पास
नहीं कुछ अन्य सम्पदा
मृत्युलोक की।

हिम, केवल हिम—
मृगवर्णाएँ धूप
देवकन्याओं सी हिम फिसल रही हैं,
चाँदनियों की पारदर्शिका मलमल में
लावण्यमयी एकान्त द्रोणियाँ
अंग चुरातीं।
एकाकी उपत्यकाओं का
वह निर्मम सूनापन
वशीकरण के मन्त्र सरीखा जादू करता।
चलो
चलो यहाँ से धर्मराज!
यह पड़ाव है नहीं
तुम्हारी संकल्पी-यात्रा का।
यह देखो—
ये उदार
देवतात्मा जैसे खड़े हिम-शिखर
देवसभा चरितार्थ कर रहे।
तापसमन वाले गायत्रिन
इस कैलास शिखर पर
रखा हुआ नक्षत्र-जटित

यह धर्मचक्र—
नासदीय सूक्त सा।

धर्मचक्र यह—
झरते जिससे अहोरात्र
निशि-पल-घट-घड़ियाँ
युद्धों की दुर्दम्य तुमुलता,
इतिहासों के रक्त-स्नात
उत्थान-पतन,
जयघोषों-चीत्कारों के हर्ष-शोक,
ऋतुओं की लालित्य-रौद्रता,
सागर की चान्द्रिक आकुलता।
सूर्य-चन्द्र, नक्षत्र अपर ब्रह्माण्ड
सभी चक्रायित
प्रति-चक्रायित इस कालचक्र में।
एक सनातन प्रश्न
यज्ञ की धूमाग्नी सा शाश्वत उठता—
है कौन नियन्ता
कार्य और कारण जिससे उद्भूत हो रहे?
जो अनन्त आकाशों में शायी है
वह कालपुरुष—
जो प्रणवरूप
धूमाग्नि पी रहा?
नक्षत्रों की पहन राशियाँ
अवधूत-भाव से
घटनाओं का बाघम्बर धारे
है घुमा रहा
कोटि नभगंगाओं की धुरियों पर
इस धर्मचक्र को?

मेष-राशि जिसका ललाट
उस काल पुरुष का
वृष मुख-मण्डल,
कर्क हृदय है,
मिथुन राशि उसका वक्षस्थल,
सिंह उदर है,
पुरुष श्रेष्ठ की कटि
कन्या है,
मीन चरण धर
जो कि सन्तरित
स्वर्गंगाओं के अन्तिम प्रकाश के पार
अपर में।

प्रणव-पुरुष—
विकराल मकर-जघनों से मँथता
दिशा-काल की महाअरणियाँ,
जाग्रत होता जिससे
विद्यु-पुरुष—
वह वैश्वानर
जो धर्मचक्र को वहन कर रहा
धर्मवृषभ सा नन्दी बनकर।

हिम, केवल हिम—
आकाशों, नक्षत्रों के
अक्षांश और देशान्तर पर
इतिहास-वस्त्र है बुना जा रहा है
कालपुरुष का।
पहन जिसे
ये देव-दनुज
सुर-असुर

मानवी संस्कृतियाँ अवतरित हुईं
इस पृथ्वी ग्रह पर।
पर कौन जानता
अन्य ग्रहों-नक्षत्रों में भी
कौन-कौन सी संस्कृतियाँ अवतरित हुईं
या सम्भावित हैं!!
जीवन का यह वासुदेव
धूर्जटी-भाव से
स्वयं अजन्मा होकर भी
जो घटित हो रहा
आक्षण, प्रतिपल दिग्मण्डल में!
यह कैसी अनाश्रयी चिन्मयता है
जो विपरीत गुणात्मकता में
क्षण-क्षण पर अभिव्यक्त हो रही
लुप्त हो रही है।
हिम-आतपवाली इस भावसृष्टि में
विद्युत की कणादता लेकर
घटित हो रही
वैश्वानरता।

हिम, केवल हिम—
दसों दिशाओं के हाथों में
सूर्यगन्ध वाले दिन-चामर
नील पड़ गये
लौट आ गये मेघों के परिवार
ऽ अपने-अपने शैल-विवर में।
उत्सव की क्रमशः परिणति सा
दिशा-स्कन्ध पर
ऽसूर्यास्त हो रहा।
साथ चल रहा था जो

छायाओं का सार्थ प्रलम्बित
जाने किन शिखरों से
अन्तिम यात्रा के हित
कालपक्षि सा
लीन हो गया अन्धकार में
शब्दहीन।
अब केवल हिम की
उजाड़, दुर्दम्य, पाथरी ऐकान्तिकता
जिस पर
पतली पिपीलिका-रेखा सा चलता
नतशिर बन्दी सा
पाण्डव दल!!

सबसे आगे हैं धर्मराज—
इस पाण्डवता के पुण्य
और करुणा-विवेक।
राजपाट, कुल-वंश, बन्धु-बान्धवता के प्रति
नहीं रही आसक्ति—
दूसरे विदुर!!
आग्रह की सीमा तक
धारे रहे स्वत्व में
आजीवन संकल्प
धर्म का।
पर यही युधिष्ठिर धर्मराज—
इस पाण्डवता के दुर्भाग्यों के
आदिस्त्रोत भी।
जिनकी हथेलियों से आती
अब भी द्यूत-गन्ध
औ अनासक्त चन्दनी-गन्ध भी
जैसे विदेह!!

फिर भी असत्य का आश्रय लेना पड़ा
युद्ध में—
"आहत अश्वत्थामा...नर या कुंजर"
मूल्य और मानवी उदात्तताएँ
जब सार्वजनिक जीवन में
हो जाती हैं शेष
तभी होता है युद्ध
युद्ध का घोष।
युधिष्ठिर हों
या हों कृष्ण
युद्ध का एकमात्र है तर्क—
विजय के सम्मुख
मूल्यवानता का क्या है अर्थ??

युद्ध प्रताड़ित
अन्तर का वह सत्य—
अश्वमेध औ राजसूय यज्ञों से भी
जब शोध न पाये
तब पुनः दाँव पर लगा
स्वत्व—
वल्कल पहने निकल पड़े
वैश्वानर-पथ पर।
उसी धर्म का
जीर्ण-शीर्ण संकल्प-दण्ड
कँपते हाथों से टेक-टेक कर
वृद्ध युधिष्ठिर बढ़े जा रहे
सुधियों-स्मृतियों से आहत, वेष्टित।
सहज, मार्ग में प्राप्त
अयाचित मित्र सरीखा
श्वान साथ में।

उदयकाल की सूर्य-सौम्यता लिये
युधिष्ठिर के आगे है
केवल यात्रा—
जिसके निर्वेद
विशालाक्ष हिमनेत्रों में
महामृत्यु की गैरिक करुणा वाली
निगमागम अबाधता,
पर पीछे—
आगत दिन जैसी
खिंची आ रही श्लथ पाण्डवता।
युधिष्ठिर संज्ञावाला
ऽ सूर्यास्तकाल का
यह धार्मिक सूर्योदय—
स्वर्गारोहण के पथ पर सम्पन्न हो रहा।

आहत तन
अपमानित मन के भीम
सदा इस पाण्डवता की
वज्र सरीखी देह रहे हैं।
पर व्यर्थ गया
वह दुर्योधन की जंघा पर करना प्रहार
केवल ललाट पर लगा रहा
उस ओर अनैतिकता का
लांछन।
क्या हुआ दुःशासन के
हृदय-रक्त का पान?
हुआ मन शान्त?
नहीं—
आज भी गरल सरीखा
कण्ठ जल रहा

तेरह वर्षों का वनवास काल—
अपमान, दुःख औ घोर यातना।
दुर्योधन, दुःशासन के वे सारे छलबल
स्वयं भीम की गदाशक्ति
औ' शत गजबल!
सब व्यर्थ गये,
दुःस्वप्न सरीखे बीत गये
सब बीत गये।
शान्त न हो पायी—
विरोध की अग्नि
प्राप्त कर बन्धु-बान्धवों वाली—
समिधा।
युद्ध, युद्ध
प्रतिपग पर केवल युद्ध
और षड्यन्त्र, द्वन्द्व
वैर का वह दावानल
शिरा-उपशिराओं में
अब भी है सुलगा पड़ता।
युद्ध क्या ऐसे ही होते समाप्त??
जब शस्त्रों से ये
शेष कर दिये जाते हैं
युद्धस्थल में—
तब अन्तस्तल में युद्ध
ऽ अशेष हो
जीवन भर चलते रहते हैं।

उस पर राज्य प्राप्ति का अनुभव—
जल को मुट्ठी से कसने के जैसा
वीर्यहीन, अपदार्थ रहा।
केवल भीगे हाथों की प्रतीति

भीम के अन्तर्मन में
धुआँ दे रही।
वह राज्यारोहण था
या था शवसाधन
कापालिक का?
कैसी उजाड़ता
नगर-पुरों-महलों-मेहराबों
लोगों के मुख पर थी
लिखी हुई।
पाण्डवता की जयता के प्रति
कैसा ठण्डा स्वागत था।
उन शेष बचे लोगों की
त्रासद आँखों में—
जैसे प्रणम्य हो
वर्षा का स्वागत करते हों केलपत्र—
पर निर्विकार!!

जो न युद्ध में कभी पराजित
वही भीम—
जर्जर वल्कल औ फटी चर्मपादुका पहने
विकलांगों से पैर घिसटते
चले आ रहे
आदिम बर्बर मानव जैसे।
बार-बार पुरुषार्थ
गदा से होकर
कच्ची हिम में धँस-धँस पड़ता।
अस्त्र हाथ में होने पर भी—
बधिर विवशता के अनुभव से
अर्धदग्ध, आक्रान्त
भीम—

लम्बी निःश्वास लग रहे,
जिसके शीर्ष बिन्दु पर खड़े
युधिष्ठिर,
और द्रौपदी
बलिपशु सी आबद्ध
घिसटती शेष भाग में।

देवदारु की देहयष्टि वाले
अर्जुन के थके स्कन्ध पर
ढीली प्रत्यंचा वाला
गाण्डीव—
ग्रीष्म की तपती विन्ध्य-शिलाओं पर
सूखे प्रपात का चित्र लिखित हो।
कहाँ गये दिव्यास्त्र?
अभय वरदान?
राज्यमद वाले मस्तक?
कैसी अनुत्सवी थी विजय
पराजय सर्वनाश सी

गाथा सुनते रहे नाश की
पर न प्राप्त हो सकी दृष्टि
साधारण सी भी।
अन्धापन वह
आत्मा का था,
सामूहिक अन्धेपन के थे
वे प्रतीक
तभी तो राज्यलक्ष्मी गान्धारी ने
स्वीकारा कृत्रिम
अन्धापन।

अन्धे थे धृतराष्ट्र
साथ ही राजाओं के योग्य
कुटिल भी।
तभी तो बैर, प्रेम, षड्यन्त्र, क्षमा, परिताप
या कि काषाय—
सभी कुछ कुटिलपूर्ण था।

किन्तु युधिष्ठिर तो थे
प्रज्ञाचक्षु ऽ
फिर भी विनाश??

विकल्पी मन वाले वे कर्मपंगु थे।

पर विदुर!!
सत्य की मूर्ति
निस्पृह तटस्थ—
क्यों मूक रहे
अन्याय-ज्वार
प्रतिबार
पाण्डवों-द्वार
जब टकराता था दुर्निवार,
क्यों नहीं किया प्रतिकार
विदुर ने?

कौन राज्य समझा करता है
शीलवान की सज्जन भाषा?
पितामह भीष्म
द्रोण-कृप जैसे वे आचार्य—
असत्य का पक्ष लिया!

पार्थ! राज्य के कोप सदृश ही
राज्यकृपा भी
कैसे ही तेजस को
कर देती है भ्रष्ट
अन्त में नष्ट!!

दुर्योधन था कुटिल—
किन्तु वह कर्ण?

सूतपुत्र था।
कुन्ती से परित्यक्त
द्रौपदी से अपमानित
और सभी के द्वारा पंक्ति बहिष्कृत।
कर्ण न करता बैर
धनंजय! तब क्या करता?

पर कृष्ण!!

उस पूर्णपुरुष के लिए
सभी कुछ लीला था—
वह विराट का दर्शन
गीता का उपदेश-कथन
यमुना-पुलिनों का रस-नर्तन
या व्याध-बाण से अनुत्सवी वह आत्ममरण—
सब लीला था,
उस पार्थसारथी के निकट
सभी कुछ माया था।

और धनंजय स्वयं?

तभी तो किया सभी पुरुषार्थ—
नीति, छल-बल सब
विजय प्राप्ति हित
दिग-दिगन्त
जिसके बाणों से पीड़ित मर्दित,
जिसके पराक्रमी चरणों पर था
त्रैलोक्य समर्पित,
वह कृष्णमित्र—
वह द्वितीय कर्ण
वह अप्रमेय
जो स्वयं धनुष ही—
घुटनों तक हिम में धँसते
पैर उठाये चले आ रहे
नतशिर करपात्री
भिक्षुक से।

हिमता ऊर्ध्वमुखी हो
रेंग रही नस-नस में से
चेतना ओर।
ठिठुर कर गले जा रहे अंग
आसन्न देह
विक्षुब्ध चेतना के क्षत-विक्षत पर्दे।
अपनी ही वाणी सुने हुए
जब बीत गये हों
कई मास
तब पांचजन्य, पणवानक-गोमुख के
वे शंखनाद
अब कहाँ?
कहाँ?? अब कहाँ???
सुनायी पड़ती अब तो केवल

हिमांधियों की—
यह कापालिक प्रलय रौद्रता।
चरैवेति यह, चरैवेति यह—
सव्यसाचि! है लक्ष्य कहाँ
इस आत्मदाह का?
प्रकम्पित हाथों के ये दण्ड
स्वयं अब बोझ लग रहे।
कितने दिन हो गये
पड़ गयीं ओठों पर
अनबोली भाषा की ये सर्द पपड़ियाँ
और दृष्टियाँ
हिम की इस दारुणी-दार्पणी चकाचौंध से
टकरा-टकरा नष्ट हो रहीं।
भालों के त्रिपुण्ड सी
कँप-कँप उठतीं
ये कैसी स्मृतियाँ हैं?
सुधियाँ हैं—
जो कि वस्त्र या हाथ नहीं
केवल मन थामे चली आ रहीं
अहोरात्र—
बिन पग के मेघों की यात्राओं सी।
हम तो वह सारा साम्राज्य
सम्पदा और जयाजय
प्रियजन, परिजन और प्रजाजन
बैर-राग सब कुछ को
परिव्राजक बन
काल-महाब्राह्मण को दे
संकल्प-जलों सा
छोड़ चले आये इस पथ पर,
किन्तु इस अवचेतन में से

कुछ भी तो बीत न पाया।
षड्यन्त्रों, अपमानों का प्रतिशोध
निरन्तर युद्ध
और हत्या-चीत्कारें,
चक्रव्यूह में फँसा हुआ अभिमन्यु
उस अश्वत्थामा के द्वारा
वह वंश-नाश
उत्तरा का वह दारुण क्रन्दन—
सुलग रहा
धू-धू करता सारा का सारा जीवन
सुलग रहा है
इस अन्तर में।

जैसे कोई दर्पण का
मायावी राजभवन था—
जिसमें राजाओं, सेनापतियों औ' सुन्दरियों की
माणिक नीलम छायाएँ
दीपित थीं
प्रतिदीपित थीं
प्रति-प्रतिदीपित थीं।

इन दर्पण-मायाओं के
रंग-बिरंगे कोलाहल के बीच
निरन्तर दुर्योधन, दुःशासन और शकुनि की
कूटनीतियाँ—
सर्प सरीखी रेंगा करतीं।
भरी सभा में
एकवस्त्र रजस्वला प्रिया का आर्तनाद
दर्पणों की माया में
दुहराता-तिहराता

अब भी कानों को जला रहा।
उस दिन राजा ही नहीं
राज्य-स्वयं धृतराष्ट्र बन गया
सदा-सदा को।
पार्थ! शकुनि के पाँसों की आवाज
सुनायी पड़ती अब भी।
क्या बीता?
कुछ भी तो बीत नहीं पाया इस मन से
और अठारह दिन तक तब
शत-शत वीरों ने
शस्त्र-आयुधों की ज्वाला से
ध्वस्त कर दिया
वह मायावी राजभवन,
वे माणिक नीलम छायाएँ
शवों में परिणत होकर
नष्ट हो गयीं—
जैसे हमने अपने ही हाथों अपना शवदाह किया।
कैसा श्मशान तब जागा—
सब अनाथ विकलांग हो गये
वंश के वंश
धरा से नष्ट हो गये,
जयी-पराजित सभी अकिंचन।
कैसा था वह युद्ध—
भीष्म, द्रोण, कृप, अश्वत्थामा
दुर्योधन, दुःशासन, कर्ण, जयद्रथ
धृष्टद्युम्न, अभिमन्यु, घटोत्कच
सब स्वाहा हो गये
युद्ध के उदर ज्वाल में।
जागी उसके बाद
अघोरी कापालिकता—

विधवाओं का आर्तनाद
जीवितों का विषाद—
पर, फिर भी
अन्धे बने रहे धृतराष्ट्र—
भीम का नहीं
भीम की लौहमूर्ति का आलिंगन कर।

और एक दिन
युद्ध क्षेत्र में
राज्यलक्ष्मी गान्धारी का
वर्षों बाद
ऽ सायास अन्धता पर से पटल हटाना—
कैसी थी दुर्दान्त
अग्निमय, शस्त्र सरीखी दृष्टि;
क्योंकि वह माँ थी
जिसके सौ-सौ पुत्र
शवों में अंग-भंग होकर फैले थे
यहाँ-वहाँ
मांस के गिद्ध-ग्रास से।
एक बार फिर कृष्ण
बचाया धर्मराज को
गान्धारी की तेजोमय
उस कोपदृष्टि में भस्मसात हो जाने से।
कैसी कृष्ण-कृपा—
झुलसी अँगुलियों के माध्यम से
कौरव-लक्ष्मी
तब लीन हुई इस पाण्डु-पुत्र में—
जैसे चन्दन की गन्ध प्राप्त हो किसी वृक्ष को।

स्मृतियाँ—
फिर प्रतिक्षण इनकी आवृतियाँ—

कुछ भी तो बीत नहीं पाता है पार्थ!
व्यक्ति के मन से।
जो कुछ भी अंकित या उत्कीर्णित होता
एक बार
तब कैसी ही करुणा, उदारता, क्षमा आदि का
महाज्वार
कुछ भी तो मेंट नहीं पाता
मन की निगूढ़
इन अन्ध गुफाओं से।

चलो,
कहीं भी चलो युधिष्ठिर!
देह चल रही हिम की तापसता में
और गल रहा मन
अग्नि के हेमकुण्ड में!!
आदर्श अनुज से
नकुल और सहदेव विनत हो
चले आ रहे उदासीन
ज्यों मौन-मिथुन छायाएँ हों
पाण्डवता की।

पर सबके पीछे चली आ रही
पाण्डवदल की सांसारिकता—
भार्या, प्रिया, सेविका
और पण्डिता
द्रुपदसुता
द्रौपदी—
सेविका धर्मराज की
भीमसेन की चतुर स्वामिनी
एकनिष्ठ वह पार्थप्रिया

पाण्डवी—
जर्जरित वस्त्र
रक्त से लथपथ
चिरे कपोल
श्वास अवरुद्ध
घिसटती हिम पर
जैसे अग्निरेख सी।
और अगत्या
अन्तिम भोजपत्र को थाम
गिर पड़ी आहत
कृष्णा!!
घाटी में जो
अस्तकाल की अन्तिम लाली
शेष बची थी
सहसा डूब गयी वह दिशा पार
जैसे दुकूल था
और किसी ने
स्मरण सरीखा खींच लिया उसको हठात।
चौंके सुदूर में कहीं चीड़
ऽ स्तम्भित देवदार,
नन्दा और त्रिशूल शिखरों पर
लगा उतरने यमछाया सा
अन्धकार।

शुरू हो गया था
हिमपात—
द्रौपदी अर्धतन्द्र में
टिकी हुई थी भोजपत्र से
जैसे अपना वृक्ष खोजती कोई वल्लरी
वर्षा' परान्त

निस्तब्ध हवा में
हिम के ठण्डे फूल
चतुर्दिक बरस रहे थे।
डूब रही थी भोजपत्र के साथ
बरसते हिमफूलों की उज्ज्वलता में
नवागता वह
कृष्णावल्ली।
मीलों लम्बी
वह उजाड़, निर्मम सपाटता
हिम की—
शिखर, रपट, उपत्यका रचती
चिकनी बिछी हुई थी।
व्याघ्र सरीखे चौकन्ने
हिमनद
सतर्क हो रेंग रहे थे सन्नाटे में।
कृष्णा, झील सरीखी डूबी थी
अपने ही जल में।
कुछ विभ्रम में
अर्ध निमीलित लगी देखने—
सम्मुख की हल्की चढ़ान पर
चढ़ते चले गये थे
पतियों के पदचिह्न,
दूर, फिर हल्का-सा आभास
एक के बाद
एक का—
जैसे सम्मुख था विगत
जो कि था घटित
किन्तु घटने को था।

आँखों के सम्मुख तिर आया
चंचल जलचित्रों सा

सारा जीवन—
इसीलिए क्या आयोजित था
महास्वयंवर??
कृष्ण उपस्थित होकर भी
अनुपस्थित क्यों रह गये?
क्यों नहीं किया मत्स्य का भेदन
पूर्णपुरुष ने?
आकाश-पक्षि सा दिखा
किन्तु देखते-देखते भी लीन हो गया

और वह दिव्यालंकारों से युक्त
कर्ण!!
क्यों आये
श्मशान की अग्नि सरीखे शापित
आयोजन में
जबकि सूतपुत्र थे?
ब्राह्मणवेशी होने पर भी
वरा पार्थ ने,
किन्तु भाग्य ने
पंच पाण्डवों का भार्यापद मुझको सौंपा।
सारा जीवन ही
दुर्भाग्यपूर्ण यात्रा सा लगता।
जिन जावक चरणों को
रक्त-अलक्तक होना था
वे रक्त-स्नात
भीषण हिमपात बीच
थे जमे जा रहे
वृक्ष-जड़ों से।
यह क्या हो गया?
कहाँ ले आयी यात्रा?

सम्बन्धहीन इतना एकाकीपन
शिरा-उपशिरा दग्ध कर रही।
जिसके सिर पर
रत्नजटित सिंहासन की छत्र-छाँह थी
आज भोजपत्र हिम टपकाता एकान्त खड़ा है।

भरी सभा में
उस दिन—
कुल-कुटुम्ब, पाँचों पतियों के सम्मुख
नाम मात्र को परिधानित
मैं—
रजस्वला
विवस्त्रा की जाने को बाधित।
मुझको घसीट कर
बलिपशु सा लाया था
पामर दुःशासन—
'दासी' से करता सम्बोधित।
कौन नहीं था वहाँ ?
धृतराष्ट्र, भीष्म या द्रोण
नहीं किसने देखा?
उस दुर्योधन ने जंघा पर बलात बैठाया—
क्यों??
क्योंकि हार गये थे धर्मराज
सम्पूर्ण राज्य के साथ
स्वयं की भार्या भी।
खुल गये केश
जो फिर बँधे नहीं युन्द्धकाल तक।

हाहाकार कर उठा मन
अपने ही इस नारी तन पर

जिसको लांछित अपमानित करने को
जुटा हुआ था
वह कौरव-समाज।

इतना अपमान
व्यक्ति को वस्तु बनाया?
पण्य हो गयी
प्रियापदी कृष्णा
इस भरी सभा में ?
नहीं—
नहीं, अब कौरववंश नहीं रह सकता।
सम्भव होता—
तत्क्षण धरती को चीर
डुबा देती कौरव-पाण्डव की
कुल-कुटुम्बता!!

फिर स्मरण हुआ
वह कृष्ण
जिसे मैं कभी न कर पायी परिभाषित
उसे कौन-सा दे पायी सम्बन्ध
देह का
मन का,
या निश्छल ऐकान्तिक रागभाव का।
अनुपस्थित था
किन्तु उपस्थित हुआ,
लगा—
सुनकर आया अपनी कृष्णा की पुकार।
सोच नहीं पाती
यदि कृष्ण न होते
तो इस कृष्णा का क्या होता?

न होती वैजयन्ती
होती तुलसी ही
पर
क्यों हुई पृथक
मैं कृष्णा अपने भाव-कृष्ण से??

फिर तो वह लम्बा प्रवास
जंगलों-एकान्तों में मारे फिरना।
कई बार लगता
ये पाँचों
क्या सच ही ब्राह्मण हैं
जैसा कि स्वयंवर में देखा था?
क्यों नहीं जागता क्षात्रतेज?
आक्रोश??
या कि वह वीरोचित पुरुषार्थ!!!
कौरव जैसे कुटिलों से
कैसी वचन-श्रुति?
वह लाक्षागृह
पग-पग पर दुर्योधन के कुटिल दाँव
पर क्षण भर को भी
कभी न आया
'ब्राह्मण' धर्मराज को लेश क्रोध!!

ठिठुर रही थी देह
किन्तु मन
अग्नि बना था
पामर कीचक के स्मरण मात्र से।
धर्मराज थे साधु
चरण-सेवा के' कांक्षी,
भीम, वीर

पर छू न सके पत्नी की रागात्मकता,
नकुल और सहदेव
कृपा के पात्र
किन्तु
हाँ, पार्थ न होते
तो अपूर्ण ही रह जाती मैं—
तन-कदम्ब की पुष्पित ऋतु से
मन की इस आक्रोश क्षुधा से
जिसमें भस्म हो गये
कौरव-पाण्डव—
जैसे उस दिन
भरी सभा में भस्म हुई थी
रजस्वला कृष्णा
एकाकी।
फिर भी पार्थप्रिया के रहे
खुले के खुले केश।
कृष्णा की संज्ञा में
वही लालसा और पिपासा
घुटनों-हथेलियों के बल चलकर आयी,
इस निर्जन हिम-पथ पर
डाक दे रही—

'पार्थ!'
''कहाँ हो पार्थ!''

हिमाँधियों, हिमपाथ बीच
खो गयी प्रिया की यह पुकार।
द्रौपदी और वह भोजपत्र
हिमपाशित
थे आबद्ध

केवल पुकार—
केवल पुकार—
अकेली पाखी सी—
उस राशिभूत
हिम-ऐकान्तिकता पर उड़ती
ऽ आश्रय-आकुल वह पुकार
सूर्यास्तकाल सी दिशा भर रही—

'पार्थ! पार्थ!'
'तुम कहाँ पार्थ!!'

स्वाहा-पर्व—२

युधिष्ठिर: प्रिये! हिमपात के श्वेत भार से झुकी
पंख प्रलम्बी शाखाओं वाले
उस सुपर्ण भोजपत्र के नीचे
न रुको।

पार्थ
या किसी को पुकार कर क्या होगा?
ऊर्ध्वता पर पहुँच कर
सारी सामूहिकता
वैयक्तिकता में परिणत हो जाती है।
एक और भी ऊँचाई होती है कृष्णा !
जहाँ यह तन भी
वृक्षछाल सा उतार देना पड़ता है।
धूम्रवस्त्रों का परित्याग कर

ताम्रवर्णी अग्नि
जैसे आकाश में यज्ञ वहन करती है,
वैसे ही मन
सम्बन्धहीन, अबाध यात्रित हो
धर्म वहन करता है।
न पुकारो—
यात्रा
पुकार नहीं होती प्रिये!
और न ही पुकारते हुए
यात्राएँ की जाती हैं।
हिम में अभिषेकित हो रहे
उस संन्यासी सुपर्ण के नीचे बैठकर
कच्ची हिम में
उन नामों को लिखकर
अब क्या होगा?
व्यर्थ है
उन घटनाओं का स्मरण भी—
जो युद्धों
प्रतिहिंसाओं की ज्वाला में नष्ट हो गयीं।

अन्य किसी ग्रन्थि की अपेक्षा
अच्छा है
शिव-संकल्प-ग्रन्थि का पालते रहना।
प्रिये! यहाँ से अब यह हिमपथ
धर्मपथ में परिणत होता है।
हाथों के ये काष्ठ-दण्ड नहीं
बल्कि अन्तस का
संकल्प-दण्ड ही वहन कर सकता है।
मैं जानता हूँ
तुममें अब कोई अग्नि शेष नहीं,

दाहकता की ऊष्मा भी नहीं रह गयी है कृष्णा!
तुम्हारे व्यक्तित्व की ताम्रता को
क्षार बना कर
वह अग्नि
वे प्रतिहिंसाएँ
सब शेष हो चुकी हैं।
खुले केश वाला
तुम्हारा यह धातु-व्यक्तित्व
और कुछ नहीं
स्वत्वहीन, मात्र आच्छद है।
धर्म के इस उदार हिम-राज्य में
दिशाओं तक आकाश के अतिरिक्त
अन्य कोई आच्छद
स्वीकृत नहीं होता कृष्णा!
देखती नहीं—
यहाँ हिम
भोजपत्रों तक को
अपने ही से परिवेष्टित कर देता है।

घटनाएँ बीत कर
हमें कुण्ठित, वलयित कर जाती हैं
और हम
इन जले वलयों को ही
धातु-व्यक्तित्व की वह कठोरता समझ लेते हैं
जिससे साम्राज्य तक ढहाये जा सकते हैं
पर, नहीं प्रिये।
युद्धों, प्रतिहिंसाओं के दावानल में
न कृष्ण, न पार्थ
न तुम, न मैं
कोई भी सुरक्षित नहीं रह पाता।

अपने इस आच्छद-मोह को छूकर देखो—
दीमक खाये
काष्ठ-भवन सा ढह जाएगा;
यह अब अक्षत नहीं रहा कृष्णा!
वह हीरक संसार
वे माणिक लोग
वे सुगन्धित लालसाएँ
सब समाप्त हो चुके हैं द्रौपदी!
स्मृतियों में
जलचित्रों में बारम्बार तैर आने वाला
यह संसार—
विगत का केवल भ्रम है,
सब शेष हो चुका है कृष्णा!
सब शेष!!

प्रभु के नील नेत्रों जैसा
यह सारंग आकाश
और योगियों के असंग मन जैसा
निर्वेद
प्रशान्त यह हिमालय—
ये तुम्हें कोई आमन्त्रण नहीं देते कृष्णा?
क्या आगत की
इस देवताओं वाली आश्वस्ति से
अधिक मोहक है
विगत की वह मानवी-पुकार
जिसकी स्मृतियाँ तक धुआँ दे रही हैं?
नहीं, नहीं कृष्णा!
हिम में अभिषेकित हो रहे
उस संन्यासी सुपर्ण के नीचे बैठ कर
कच्ची हिम में

उन नामों को लिखकर
अब क्या होगा?
व्यर्थ है
उन घटनाओं का स्मरण भी
जो युद्धों
प्रतिहिंसाओं की ज्वाला में नष्ट हो गयीं।

उठो प्रिये!
इससे पूर्व कि
तेज, सपाटे मारती हिमाँधियों में
ताजी, झरती हिम की
कोटि-कोटि
असंख्य श्वेत पत्तियों के नीचे
पतियों के ये पदचिह्न
सदा को दब जाएँ
और पति भी
किन्हीं अज्ञात घाटियों में उतर कर।
अपनी यात्राओं पर बढ़ जाएँ।

आओ कृष्णा!
कहीं—कुछ नहीं लौटा करता
न जल, न समय, न जीवन।
और फिर कहाँ??
उस संसार में
जिसका हम संकल्प छोड़ चुके,
उस संसार में
जो श्मशान हो चुका,
हत्याओं के दुर्गन्ध वाले
उस वैभव में
जिसे हम बासी वस्त्रों सा उतार चुके?

देखो प्रिये!
सुदूर में देखो—
कहीं कोई लौटता हुआ मार्ग है?
सम्भवतः कोई पगडण्डी भी नहीं।
सम्बन्ध, दिखायी देने का होता है कृष्णा!
देख सकती हो
तो देखो
अपने उस भग्न संसार को;
क्षितिज के पार
कभी देखना नहीं हो पाता प्रिये!
और इस अमानुषी अंधकार में
क्षितिज
हमारी आँखों के बहुत निकट आ चुका है।
कितने ही नीचे तक
यात्रा कर आओ
सब कुछ विलीन हो चुका है—

भोजपत्रों की आरण्यकता
देवदारुओं की शालीन पंक्तियाँ
चीड़ के वे सुरम्य वन;
ओषधियों वाली वनस्पति सम्पन्ना
वे माधवी वनानियाँ
तुम्हारी वेणी में
शोभित हो जाने को आकुल
वे आरक्त फूल
कहाँ हैं प्रिये?
स्वर्ण जल की झील जैसे
गेहुँओं के वे सोपानी खेत,
घास की अयालों में कंघी करती
वे एकान्त हवाएँ,

मुँह में अधकुचली घास दबाये
आहट लेते
चौकन्ने कस्तूरी मृग,
लालसाओं की भाँति
मैदान के लिए आकुल
पहाड़ निचुड़ती वे उद्दाम नदियाँ
और
और उसके बाद के
वे राजमार्ग
नगर प्राचीरें
दुर्ग-प्रासाद, प्रकोष्ठ
जलते मणिदीप
षड्यन्त्र, हत्या, चीत्कारें—
कृष्णा! कहाँ लौट जाने के लिए
यह खुले केशों वाला
मान किये बैठी हो?
अपने भीतर के इस खण्डित संसार
और उसकी भस्म-स्मृतियों को
सदा के लिए मूँद दो
और इस गुफा की ताली
यहीं-कहीं किसी अन्धकार में
अनासक्त समर्पित कर दो।
बह जाने दो कृष्णा!
किसी हिमनद में
स्मृतियों की इस भस्म-मंजूषा को
बह जाने दो
अपने व्यक्तित्व को
प्रतीतिहीन आकाश हो जाने दो कृष्णा!
मकड़ी की भाँति
इस मृत संसार को

बारम्बार अपने ही चारों ओर
बुनते रहने से क्या होगा?
यह वह भस्म नहीं कृष्णा!
जो कि हमारे ललाट पर
त्रिपुण्ड्र बन सके।
अभ्यंकर के इस
श्वेत के भी श्वेत
देवलोक में—
किसी का भी संसार स्वीकृत नहीं होता प्रिये!
जो वास्तविकता में नष्ट हो चुका
उसे स्मृतियों में भी नष्ट हो जाने दो
और निर्भय हो जाओ।

सारे वर्ण-गन्ध
जब मन पर से भी उतर जाते हैं
तब अन्तर के
देवतात्मा हिमालय की
श्वेत देवभूमि जाग्रत होती है कृष्णा!
निर्भय होना ही हिमालय होना है,
और
अनासक्ति ही स्वर्ग है,
हिमालय की आत्मा है।
उठो प्रिये।
इससे पूर्व कि
तेज, सपाटे मारती हिमाँधियों में
ताजी, झरती हिम की
कोटि-कोटि
असंख्य श्वेत पत्तियों के नीचे
पतियों के ये पदचिह्न
सदा को दब जाएँ

और पति भी
किन्हीं अज्ञात घाटियों में उतर कर
अपनी यात्राओं पर बढ़ जाएँ।

द्रौपदी: हिमांधियों के बीच
उड़ते वस्त्र की भाँति आती
तुम्हारी वाणी मैं सुन रही हूँ
धर्मराज!
मैं जानती हूँ कि
तर्क और मोह
सब व्यर्थ हो चुके हैं।
मैं तुम तक पहुँचना भी चाहती हूँ
पर महाराज!
हिम का यह ठण्ढा पाश
प्रतिक्षण
अपने जैसा ही मुझे पाषाण कर देने पर
कृत संकल्प है
व्यक्ति, वृक्ष इसी प्रकार बनता होगा महाराज!

व्रणों को हिम काटती जा रही है,
यह कैसी
तेज, धारदार
हिमानी शीतलता
देह को जैसे फाँक किये दे रही है।
लो
मैं अपने भीतर की
इस धधकती गुफा को
सदा के लिए मूँदकर
इसकी ताली
अन्धकार में फेंक रही हूँ।

सुनी?
तुमने उसकी आवाज सुनी महाराज!
सम्भवतः मैंने भी नहीं सुनी।
अन्य संकल्पों की भाँति
यह अन्तिम संकल्प भी
व्यर्थ गया कि
अपने अन्तर्व्यक्तित्व को
अपने में से निकाल कर फेंक दिया जाए।
कितना कठिन है
व्यक्तित्व के ये कवच-कुण्डल उतार कर
समय को दे देना।
हर कोई कर्ण नहीं हो पाता महाराज!
नहीं हो पाता।

मुझे इस प्रतिक्षण सिकुड़ती
कवच सी
निर्मम कठोर
हिम की जकड़ता से
मुक्त कराओ पार्थ!
एक दिन मत्स्य का भेदन कर
क्या तुम
इसी दिन के लिए मुझे लाये थे
कि प्रतिक्षण
तिल-तिल गलती हुई
इस हिम में समाती चली जाऊँ?
मेरी यह हिम-परीक्षा
तुम क्यों लेना चाहते हो?
सीता की अग्नि-परीक्षा से।
राम को ही क्या प्राप्त हुआ
जो तुम

अपनी कृष्णा की हिम-परीक्षा ले रहे हो ?
पार्थ!
प्रत्येक ऐसी परीक्षा
पत्नी के प्रति अविश्वास ही है,
और ऐसी परीक्षा के बाद
नारी
पुरुष के लिए अप्राप्य हो जाती है

तुम भीष्म के लिए
पाताल का भेदन कर सकते थे
पर प्रिया का यह हिमपाश
नहीं बेध सकते?
यज्ञाश्व की रक्षा में
समस्त संसार को तुम
अपने गाण्डीव से चुनौती दे सकते थे
पर अपनी इस आर्तप्रिया का
यह हिमपाश नहीं बेध सकते पार्थ ?
मेरा नारीत्व
मेरा मातृत्व
सब व्यर्थ गया युधिष्ठिर!
भीम! अर्जुन!
माद्रीपुत्रों! सब व्यर्थ गया।
अब मेरे और तुम्हारे बीच
हिम का यह अभेद्य
धारदार ठण्ढापन
सहयात्रा के सूत्र काट रहा है।

आज के पूर्व तक
नहीं जानती थी कि
अँधेरा भी

प्रपात-जलों की भाँति
हिम पर से रपटता है
और शब्द भी करता है।
युधिष्ठिर! तुम्हारा वह आदेश
सम्बोधन
उड़ते वस्त्र की भाँति उड़ता हुआ
न जाने किस भोजपत्र या देवदारु में
अटक कर उड़ रहा होगा।
मैं इस हतभाग्यता का क्या करूँ महाराज!
देह से मैं तुम्हारे साथ चली आयी थी
परन्तु मन
उन्हीं हत्याओं, चीत्कारों, षड्यन्त्रों
और कूटनीतियों के बीच
वैभव की जूठन बीनने में लगा रहा।
स्त्री
इस सांसारिकता से
क्यों नहीं कभी ऊपर उठ पाती महाराज!
क्यों नहीं ??
इसी सांसारिकता के लिए
एक दिन
सन्तानें, कुल-कुटुम्ब
बन्धु-बान्धवता
सब स्वाहा हो जाने दिये
और आज—
महाप्रस्थान के इस पथ पर
पतियों को खोकर
प्रताड़िता एकाकी हो गयी हूँ—
जैसे यज्ञ सम्पन्न हो जाने के बाद
अकेला यज्ञयूप
उपेक्षित
गड़ा हुआ छोड़ दिया गया हो।

कौन ?
कानों के इतने पास
ये किसकी गर्म साँसें हैं ?—
पार्थ ?
धर्मराज ??
क्या तुम्हें अपनी कृष्णा का मोह
उस महापथ से लौटा लाया ?
अगत्या तुमने मेरे लिए
अपने धर्म का परित्याग कर दिया ?
पर—
यह तुम अट्टहास क्यों कर रहे हो ?
बारम्बार आँख पर जमती
इस हिम में
कुछ दिखायी नहीं देता पार्थ!
लेकिन
लेकिन यह अट्टहास तुम्हारा नहीं हो सकता।

कौन हो तुम ?
बोलते क्यों नहीं ?
वर्तमान नहीं हो सकते
अवश्य ही कोई विगत होगे

अश्वत्थामा: न मैं वर्तमान हूँ
न विगत
मैं चिरंजीवी हूँ द्रौपदी!
मुझे नहीं चीन्हतीं ?
अमरता के अभिशाप में धधकते
कोढ़ी अश्वत्थामा को नहीं पहचानतीं द्रौपदी ?

द्रौपदी: तुम ?
अश्वत्थामा ? तुम ?

अश्वत्थामाः हाँ द्रौपदी!
प्रत्येक शून्य अश्वत्थामा है।
प्रत्येक एकान्त
निर्जन जंगलों और
अकेले यात्री से
अपने इस अपूरित सिर के
युद्धघाव के लिए
वस्त्र और तैल माँगने के लिए ही
तुम्हारे कृष्ण ने मुझे
अमरता का अभिशाप दिया द्रौपदी!
शाप का यह कूबड़ ढोता
चिरंजीवी अश्वत्थामा
महारानी द्रौपदी से
कपड़े की एक चिंदी माँगता है।
नहीं दोगी सम्राज्ञी!
चिरंजीवी को यह भिक्षा ?

द्रौपदीः आसक्त एकाकीपन ही
शाप है अश्वत्थामा!
चाहो तो इसे
कोढ़ भी कह सकते हो!
कैसी विषमता है अश्वत्थामा!
न तुम
युद्ध के अन्तिम दिन वाले
मेधावी महासेनापति हो
और न मैं
राजसूय-यज्ञ सम्पन्ना सम्राज्ञी!!
सन्दर्भ से कट जाने के बाद
कैसा ही मेधावी
घास की अनाम पत्ती की भाँति
कैसा निरीह हो जाता है

अश्वत्थामा!
मेरे पास
तुम्हारी इस रक्त-स्त्रावित
अभिशप्तता को देने के लिए
टूटती अन्तिम साँसों के अतिरिक्त
और कुछ नहीं है अश्वत्थामा!
विश्वास करो
और कुछ नहीं है!!

अश्वत्थामा: सुदर्शन-चक्र से भी
अधिक अभिशप्त था
कृष्ण का वह शाप
जो मुझे आकण्ठ जला रहा है।
प्रवंचना से
उस दिन
कृष्ण ने मेरी मणि तुम्हें दी थी
लौटा दो सम्राज्ञी!
मेरी वह एक मात्र मणि!
तुम्हारे अक्षय राजकोष में
अनन्त मणियाँ होंगी सम्राज्ञी!
क्या करोगी
एक ब्राह्मण की मणि लेकर ?
तुम नहीं जानती होगी कि—

मणि छिन जाने के बाद
प्रत्येक सर्प हो जाता है
अन्धा सर्प!!
और सम्राज्ञी।
सर्प डँसता भी है।

द्रौपदी: नहीं,
नहीं अश्वत्थामा!
यों न हँसो
विश्वास करो
मुझ अकिंचन के पास
कोई मणि नहीं
चाहो तो
मेरे प्राणों की मणि ले लो अश्वत्थामा!
और मुझे हिम की इस यातना से
मुक्त हो जाने दो।

अश्वत्थामा: यातना!!
अग्नि की हो
या हिम की,
यातना ही होती है द्रौपदी!
तुमने मेरी मणि लेकर
मुझे निःस्वत्व किया
परन्तु मैं ऐसा नहीं कर सकता।
किसी के प्राणों की मणि लेने का अर्थ
उसकी यातना को भी लेना होता है।
उस दिन
अर्ध रात्रि में
सोती हुई पाण्डवता के प्रति
जो मेरी पैशाचिकता जागी थी
उससे अधिक
कोई और यातना नहीं
नहीं द्रौपदी!
मुझे वस्त्र और तैल चाहिए
द्रौपदी! तुम्हारी
या किसी की यातना नहीं!!

द्रौपदी: चले गये तुम
अश्वत्थामा!
पता नहीं यह तुम थे
या कि तुम्हारा भ्रम।
उस दिन
तुम्हारी मणि को छुआ था
और हाथ
आज जल रहा है अश्वत्थामा!
क्या मिला
इस अन्तिम क्षण में
मेरे भीतर के इस कुष्ठ को जगाकर
तुम्हें
या किसी को क्या मिला ?

पार्थ!
धर्मराज!
यह क्या ??
भोजपत्र और मैं
दोनों फिसलने लगे हैं।
यह हिमनद
मुझे बहाये ले जा रहा है
पार्थ! युधिष्ठिर!!
पार्थ!!!

अर्जुन: आया था—
मुझे पुकारते हुए
आँधियों में घिरे एकाकी पाखी सा
पंख फड़फड़ाता यह
विवश प्रिया का
आर्तस्वर आया था।

अठारह दिनों का वह युद्ध
सर्वनाश की वे अनन्त चीत्कारें
कुछ भी
मेरे गाण्डीव-व्यक्तित्व को
इतना अवश
या नगण्य नहीं कर पायी थीं
जितना कि
प्रिया का वह आर्तस्वर कर गया।
मेरे व्यक्तित्व के भोजपत्र को
प्रिया की पुकार
विद्युत सा चीर गयी।
इस विभाजित व्यक्तित्व को लेकर
क्या करूँगा ?
इस गाण्डीव को भी
वहन करके अब क्या होगा ?
जो युधिष्ठिर-साम्राज्य की
रक्षा तो कर सका।
पर प्रिया की ही रक्षा न कर सका।
जाओ
मेरे गाण्डीव-व्यक्तित्व!
अब सब शेष हो चुका।
शस्त्र, व्यक्ति नहीं हुआ करता,
जब व्यक्ति ने ही
उस आर्तस्वर को अनसुना कर दिया
तब शस्त्र कैसे सुन पाता ?
जाओ, विदा—
मेरे व्यक्तित्व के सहचर!
पाण्डवों से सम्बन्धित
प्रत्येक को
हिम-समाधि ही मिलनी है,
जाओ!!

भीमः धर्मराज !
हम सबकी पत्नी होते हुए भी
द्रौपदी
क्यों नहीं हिमपथ के पार
इस धर्मपथ पर आ सकी ?

युधिष्ठिरः क्योंकि वह सांसारिकता थी।
पत्नी वह सबकी थी भीम!
किन्तु मनसा
प्रिया अकेले पार्थ की ही रही।
विभाजित व्यक्तित्व
वह किसी का भी हो
धर्म नहीं स्वीकार किया करता भीम!
धर्म भी प्रकृति है
इसलिए सागर की भाँति
शव नहीं स्वीकार किया करता।

आने लगी है
इन हिमाँधियों के बीच
इस पाण्डवता के पतझर की आहट।
कितना निर्मम है
यह सत्य—
जब यात्रा
अपने ही भीतर समाप्त हो जाती है
तब कैसे ही
बाहरी वर्चस्व को पुकारना
कोई अर्थ नहीं रखता भीम!
कोई अर्थ नहीं रखता।
हिम के
अद्वैत व्यक्तित्व में
उभर आये अवांछित पदचिह्न—

हिमपात
कितने असंग भाव से पोंछ रहा है।
अभी-अभी प्रिया थी
पर अब उसकी यहाँ
कोई प्रतीति नहीं,
सब हिमालय होता जा रहा है।

भीमः बन्धु! क्या अर्थ है इसका ?

युधिष्ठिरः किसका ?

भीमः हिम-यातना के इस आत्मवरण का!

युधिष्ठिरः भीम! क्या कुछ अर्थ था
उस मणि-मुकुट धारण का?
कौरवों से युद्ध का ?

भीमः क्यों नहीं ?

युधिष्ठिर : क्या ??

भीम : कौरव दुष्ट थे।

युधिष्ठिरः केवल हमारे ही लिए तो!

भीमः हम
प्रजा को एक सुचारु प्रशासन देना चाहते थे।

युधिष्ठिरः क्या सच ही दे सके ?
बन्धु! तुम्हारा कथन मिथ्या नहीं?
क्या दुर्योधन कुशल प्रशासक नहीं था?

भीमः तब तो धर्मराज!
तुम्हारी दृष्टि से
वह युद्ध
वह राजसूय यज्ञ
सभी कुछ व्यर्थ है।

युधिष्ठिरः ऐसा तो मैं नहीं कहता,
पर भीम!
युद्ध या राज्य
किसी में भी

मेरी कोई रुचि नहीं रही।
रक्त और स्वेद से अर्जित
उस साम्राज्य से विरक्ति के
कुछ दूसरे ही कारण हैं।

भीम: क्या ?

युधिष्ठिर: भीम!
यदि राज्यप्राप्ति मेरा लक्ष्य होता
तो पहले ही दिन
धृतराष्ट्र को सिंहासनच्युत कर सकता था
क्योंकि
न्याय मेरे पक्ष में था
तथा भीम
और अर्जुन मेरे अनुगामी थे।

भीम: तो फिर क्यों नहीं किया ?

युधिष्ठिर: भीम!
मैं राज्यान्वेषी नहीं
मूल्यान्वेषी रहा हूँ।
राज्य जैसी अपदार्थता के लिए
अपने ही रक्त
कौरवों का नाश ??
मेरे लिए असम्भव था बन्धु!
असम्भव था।
किसी भी साम्राज्य से बड़ा है
एक बन्धु
एक अनाम मनुष्य!!
मुझे मनुष्य में विराजे देवता में
सदा विश्वास रहा है,
इस देवता के जाग्रत होने की प्रतीक्षा में
मैं अनन्त काल तक
प्रतीक्षा कर सकता हूँ भीम!

यदि मुझे विश्वास हो जाता कि
सौ वर्ष के बनवास के बाद भी
कौरव हमें अपना अधिकार दे देंगे
तो सच मानो भीम!
मैं कभी युद्ध के लिए सहमत न होता।

प्रत्येक समय
वीरता के लिए शस्त्र आवश्यक नहीं होता,
केवल एक ही भाषा
संसार में नहीं है भीम!
क्या मैं शकुनि की धूर्तता से अवगत नहीं था ?
धृतराष्ट्र
विचारों से भी अन्धे हैं
क्या यह मैं नहीं जानता था ?
क्या तुम सोचते हो कि
कृष्णा का वह अपमान
मैंने क्लीवतावश सहन किया था ?
नहीं
नहीं भीम!
सामनेवाला यदि आवेग में
पशु हो गया हो
तो विवेक के रहते
प्रतीक्षा करो
उसके पुनः मनुष्य होने की।

करुणा मेरा धर्म है भीम!
किसी भी सम्बन्ध
साम्राज्य या शक्ति के सामने

मैं इसे नहीं छोड़ सकता।
विश्वास करो
धर्म के मूल्य पर
मैं स्वर्ग भी अस्वीकार कर सकता हूँ भीम!

भीम: तो फिर युद्ध क्यों स्वीकारा!

युधिष्ठिर: एक तात्कालिक धर्म भी होता है—
कर्तव्य!!
जब युद्ध कर्तव्य हो गया
तो अनासक्त होकर
वह भी किया।
इसीलिए उन दिनों की वे स्मृतियाँ
मुझे भी स्मरण तो आती हैं
पर सालती नहीं
आच्छादित नहीं करतीं,
यही निर्वेद की भूमि है।

भीम दोनों ही पक्षों में
जैसे मैं ही था।
मैंने ही वह युद्ध
जीता भी
और पराजित भी मैं ही हुआ।
दुर्योधन बनकर
मैंने ही मृत्यु वरण की
और युधिष्ठिर बनकर
आज मैं ही इस विजय का पश्चाताप करते हुए
इस हिम में गल रहा हूँ।
वो देखो भीम!
नकुल और सहदेव
कच्ची हिम में
हठात कैसे समा गये

जैसे वे हिम पर नहीं
जल पर चल रहे थे।
नितान्त अविश्वसनीय अन्त हुआ
इन अनुजों का भीम!
नकुल और सहदेव
इस पाण्डवता के स्वरूप और ज्ञान थे।
भीम! इस पाण्डवता के पीपल के
एक-एक पत्र झरते जा रहे हैं—
पहले सांसारिकता
फिर स्वरूप और ज्ञान..
इसके बाद ??

अर्जुन: बन्धु!
व्यक्ति के पुरुषार्थ और संकल्प का
तब कोई अर्थ नहीं।
इस समस्त मेदिनी को तब
अपनी मुट्ठियों में कस लेने का भी
कोई अर्थ नहीं।
यह तो ऐसा ही हुआ धर्मराज! कि
चर्मपादुका पहना व्यक्ति
समस्त पृथिवी को
चमड़े से मँढ़ा हुआ समझे,
क्या पुरुषार्थ की कोई सार्थकता नहीं ?

युधिष्ठिर: क्या तुम्हें अब भी लगती है ?
अर्जुन! इस वैचारिक चक्रव्यूह में
तुम व्यक्ति के
संकल्प और पुरुषार्थ तक ही
क्यों रुक जाते हो!
जिज्ञासा के केन्द्र में
जो अनाम

विचारहारा व्यक्ति है
जिसका कोई इतिहास नहीं लिखा जाता
बल्कि जिसकी देह को छीलकर ही
हम इतिहास लिखते आये हैं
उसके अर्थ को जानने की चेष्टा की है पार्थ ?

पुरुषार्थ और संकल्प
क्या सच ही कुछ होते हैं ?
तब क्यों नहीं
गाण्डीव के होते
अपनी प्रिया को हिमपाश से मुक्त करा सके ?

अर्जुनः सम्भवतः एक सीमा के बाद
प्रश्न का उत्तर भी
प्रतिप्रश्न ही होता होगा
तभी तो आप भी प्रश्न ही कर रहे हैं।

यह कैसी विवशता है
व्यक्ति की—
समस्त शक्ति, संकल्प और पुरुषार्थ के होते हुए भी
यह नगण्य हो जाता है
क्यों ??
जिस गाण्डीव के होते
समस्त मेदिनी में
यज्ञाश्व के अयाल तक छू सकने का
कोई साहस न कर सका,
जो समस्त कौरव-शक्ति को
अपने बाण की नोक पर
झेलता रहा
वही—
अपनी प्रिया की रक्षा न कर सका।

गाण्डीव वही
प्रत्यंचा वही
और अर्जुन भी वही
पर.........!!
सम्भवतः हम
धनुष पर नहीं
अपने व्यक्तित्व पर प्रत्यंचा चढ़ाते हैं
और आज
इस अवश व्यक्तित्व पर
कोई प्रत्यंचा नहीं चढ़ पा रही।

युधिष्ठिरः सव्यसाची!
प्रकृति से बड़ा
कोई व्यक्ति नहीं होता,
कोई शस्त्र नहीं पार्थ!
जो प्रकृति के धर्म का भेदन कर सके।
प्रकृति के धर्म का भेदन करना
परात्पर होना है
और वह शस्त्र से सम्भव नहीं।
अभी तुमने देखा कि
सांसारिक सम्पदा की मूर्ति
और तुम्हारे एकान्त सुगन्धित क्षणों की
प्रिया
तुम्हें पुकारती रही।
कर्ण से श्रेष्ठ योद्धा
कृष्ण के तेजस्वी मित्र तथा
अनिंद्य सुन्दरी कृष्णा के
अन्तरंग केलिसखा
तुम—
अपने ही बोझ को ढोने में असमर्थ,
हिम में ऐंठे पैरों से

तिल-तिल चढ़ना भी पहाड़ हो रहा है।
आकुल होकर
तुमने और भीम ने हाथ भी बढ़ाये
पर उन विकराल हिमनदों से
न प्रिया
न नकुल, न सहदेव
किसी को न बचा सके
अपनी ही आँखों के सामने
अपने भीतर की रागात्मिकता को
हाहाकार रूप में
नष्ट होते देखना
दुःख देता है न पार्थ ?
पर—
एक स्थिति पर पहुँच कर
दुःखी होना भी
अमानवीय होना हो जाता है।
प्रश्न और जिज्ञासा में
अन्तर समझते हो पार्थ ?
सत्य की प्राप्ति
दूसरे से प्रश्न करके नहीं होती,
स्वयं से ही जिज्ञासा करनी होती है।
सुख या दुःख के स्थान पर
मुझे सदा जिज्ञासा हुई पार्थ!
मेरे राज्य परित्याग से
अवश्य ही तुम लोगों को बुरा लगा होगा।
मैंने मात्र शास्त्र-व्यवस्था के कारण ही
वानप्रस्थ नहीं स्वीकारा
परन्तु
यह मेरी वैचारिकता का निष्कर्ष था बन्धु!

अर्जुन: कैसा निष्कर्ष!!

युधिष्ठिर: वस्तुओं से हीन होते जाने का
अर्थ है
व्यक्तित्व से सम्पन्न होते जाना।
युद्ध, राज्य, साम्राज्य, सम्पदा, सम्बन्ध
इन सबकी सीमाएँ हैं पार्थ!
ये ही
वे कुचक्र हैं
जिन्हें व्यक्ति
अपने चारों ओर बुन लेता है
और फिर कभी
इस सफलता की सुगन्ध के परिवृत्त से
बाहर आना नहीं चाहता।
ये वस्तुएँ
ये सफलताएँ
एक दिन उसका पर्याय बन जाती हैं।
वस्तुओं और सफलताओं के माध्यम से
अमरता प्राप्त करने को ही तो
तुम पुरुषार्थ और संकल्प कहते हो ??

ये दुर्ग, प्रासाद, स्मृति-भवन
चारण-प्रशस्तियाँ
ये झूठे इतिहास वाले शिलालेख
व्यक्ति को अमरता देंगे ?
पार्थ!
जड़, जड़ का ही प्रतिनिधित्व कर सकता है
चेतन का नहीं।

तुम्हें बारम्बार कचोटती है
अपनी विवशता कि—
तुम अपमानित किये गये

तुम्हारे स्वत्व का हनन किया गया
न्याय प्राप्ति के लिए
तुम्हें संघर्ष करना पड़ा
पर पार्थ!

कभी उन
विचारहारा साधारण जनों के बारे में सोचो—
जो सदा अपमानित होते रहे हैं।
जिनके स्वत्व का अपहरण ही
हमारे ये दीप्तित साम्राज्य हैं।
अन्याय के अभ्यस्त वे
नहीं जानते कि
न्याय भी कुछ होता है।
प्रत्येक युद्ध—
जिसमें से एक राज्य जन्म लेता है,
कितनी स्त्रियों को विधवा
और बच्चों को अनाथ कर जाता है,
और वे जीवन-संघर्ष में
दिशाहीन खो जाने के लिए
बाध्य हो जाते हैं।
सव्यसाची!
तुम्हारे कृष्ण ने ही तो कहा था—
युद्ध के उपरान्त
समाज में वर्णसंकरता बढ़ जाती है।
कर सकते हो
उस दिन की कल्पना
जब इस पृथिवी पर
कुलगोत्र-हीन वर्णसंकरता ही विचरण करेगी ?
उस दिन
इस ऐतिहासिक कुष्ठता का

कौन उत्तरदायी होगा अर्जुन!
कौन उत्तरदायी होगा ??

आज, नहीं तो कल
राजा से अधिक कठोर हो जाएंगे
ये राज्य—
और सुदूर भविष्य में
राज्य से भी अधिक अमानवीय हो जाएँगी
ये राज्य-व्यवस्थाएँ।
इनके दो आधार स्तम्भों—
युद्ध और आतंक
जिनका शिलान्यास
मनुष्य की आदिम प्रवृत्तियाँ
बारम्बार करती आयी हैं
एक दिन
युद्ध और आतंक ही
सामाजिकता के पर्याय बन जाएँगे

युद्ध में हमने कौरवों को हराया
और आतंक के बल पर
तुमने
पाण्डव-साम्राज्य का राजकोष बढ़ाया।
पार्थ!
हमारे इन अमानवीय कृत्यों के
ये ही तो ऐतिहासिक निष्कर्ष निकले कि—
अर्जुन से श्रेष्ठ कोई योद्धा नहीं
और युधिष्ठिर ही
एक मात्र चक्रवर्ती सम्राट हैं!!
मानवता का यह रथ
किस अंधे मार्ग पर बढ़ रहा है

तुम नहीं जानते पार्थ!
तुम नहीं जानते कि
संकट कहीं अधिक गहरा है।

अर्जुन: कैसा संकट?
लगता है
वितृष्णा आप में गहरे चली गयी है।

युधिष्ठिर: वितृष्णा??
मैंने वितृष्णा में राज्य नहीं त्यागा पार्थ!
और न ही
वह मोहभंग की ही स्थिति थी
इसीलिए
मुझे किसी बाहरी कृष्ण की भी
आवश्यकता नहीं हुई।
वर्षों के वैचारिक मन्थन के बाद ही
मैंने यह निर्णय लिया था बन्धु! कि
सारे मानवीय दु:खों का आधार—
यह राज्य है
राज्य-व्यवस्था है
और राज्य-व्यवस्था का दर्शन है।

अर्जुन: यदि राज्य न होगा
तो समाज का क्या होगा?

युधिष्ठिर: राज्य के नहीं
धर्म के नियमों पर समाज आधारित है।
राज्य पर अंकुश बने रहने के लिए
धर्म और विचार को
स्वतन्त्र रहने दो पार्थ!
अन्यथा यह समाज
रहने के योग्य नहीं रह जायेगा।
किसी भी व्यक्ति को
इतना प्रतिष्ठापित मत करो कि

शेष सबके लिए
वह अलंघ्य विन्ध्याचल हो जाए

अर्जुन: धर्म का प्रतिपालक
राजा ही तो होगा।

युधिष्ठिर: यह सबसे खतरनाक दर्शन है पार्थ!
क्रूरताओं और षड्यन्त्रों का प्रतीक
राजा और राज्य—
मानवीय उदात्तताओं और करुणा के प्रतीक
धर्म के प्रतिपालक नहीं हो सकते।
पार्थ!
किसी कपोल-कल्पित कथा में भी
सिंह ने संन्यास ग्रहण नहीं किया।

धर्म का उत्स
राज्य में नहीं
व्यक्ति की प्रज्ञा में होता है।
ऐसे वैश्वानरी व्यक्तित्व को
कैसे ही राज्य से
अधिक महत्व देना होगा पार्थ!

अर्जुन: तब क्या समाज
अराजक नहीं हो जायेगा!

युधिष्ठिर: यह तुम एक राजा की भाँति सोच रहे हो।
पार्थ!
कोई भी भाषा पूर्ण नहीं होती
इसीलिए
जब तुम अराजक शब्द का प्रयोग करते हो
तो इसकी प्रकृति, अर्थ
सब कुछ बदल जाता है

अर्जुन: जब राजा न होगा
तो और क्या होगा?

युधिष्ठिर: व्यक्ति होगा
मानवीय वानस्पतिकता होगी और
उदात्त करुणा, प्रज्ञा होगी पार्थ!
व्यक्ति और व्यक्ति के बीच
केवल राज्य ही सूत्र है—
यह विचार ही।
सबसे बड़ा छल है।
राज्य को शस्त्र सौंप दिये पार्थ!
पर अब धर्म और विचार
मत सौंपो।

राज्य-व्यवस्था की नींव में
कराहते मनुष्य का होना
एक अनिवार्यता है अर्जुन!
कोई आश्चर्य नहीं
यदि इसी प्रकार
लूट, खसोट, युद्ध, षड्यन्त्र होते रहे
तो एक दिन
यह राज्य-व्यवस्था
सम्पूर्ण मानवता के विरुद्ध
सबसे बड़ा
संघबद्ध षड्यन्त्र सिद्ध हो।
राज्य के
अकूत शक्ति सम्पन्न होने का अर्थ ही है
व्यक्ति का स्वत्वहीन होना।
राज्य की गरिमा को
व्यक्ति की गरिमा का पर्याय होने दो।
किसी भी व्यवस्था का
व्यक्ति से बड़े हो जाने का अर्थ होगा
अमानवीय तन्त्र!!

समाज अमूर्त होता है
व्यक्ति नहीं,
और व्यक्ति के फूलत्व को कुचल दोगे
तो वन
गन्धमादन कैसे बन पायेगा पार्थ?
फूल का एकाकीपन
अरण्य की सामूहिकता की शोभा है
विरोधी नहीं।

मैं इस षड्यन्त्र का
भागी नहीं बनना चाहता था
इसीलिए
एक नितान्त साधारण जन बन कर
अपने अमानवीय कृत्यों के लिए
हिम में गलकर
इतिहासहीन मृत्यु स्वीकार लेना
उचित समझा पार्थ!
परन्तु
सम्राट बनकर
वैभवपूर्ण, सम्मानित
किन्तु नृशंस मृत्यु
मुझे स्वीकार नहीं हुई।

अर्जुन! अपने वैचारिक स्वत्व को
किसी का भी दास मत होने दो,
स्वयं का भी।
यदि वैचारिकता की अग्नि
स्वयं तुम्हें झुलसाने लगे
तब भी उसे वहन करो
जैसे वृक्ष-पत्र

अंगारे को अपनी हरीतिमा सौंपने पर भी
दाहकता वहन करता है
वहन करो।
प्रज्ञा ही एक मात्र दक्षिणा है पार्थ!
जो कि इस सन्तप्त मानवता को
उसके इस स्वाहात्व के लिए
तुम दे सकते हो।
ऐसा सत्य
स्वयं ही पक्ष होता है पार्थ!
अन्य कैसी ही पक्षधरता
मानवता के साथ छल है।

सोचो सव्यसाची!
समाज की अनुकम्पा या कृपा से
राज्याकांक्षी
राज्य या सत्ता नहीं अर्जित किया करता
बल्कि संघर्ष, षड्यन्त्र और कुचक्रों से ही
वह सिंहासन पर आरूढ़ होता है।
ऐसी सत्ता पर
आधिपत्य बनाये रखने के लिए
फिर संघर्ष, षड्यन्त्र और कुचक्र
अनिवार्य हो जाते हैं।
राजनीति और क्या है पार्थ ?
वह देवकन्या की नहीं
विषकन्या की आत्मजा है
ऐसा सत्ताधारी
कभी उदार-चरित्र नहीं हो सकता
और तुम
इसे ही धर्म, विचार और विवेक का
प्रतिपालक बना देना चाहते हो ?

नहीं,
नहीं अर्जुन!
समाज से ऐसी शत्रुता मत निकालना।

एक साधारण जन
पृथिवी पर
हल की रेख से
धन-धान्य का भाषा-ग्रन्थ रचता है
जबकि सत्ताधारी
पृथिवी पर
रथ की रेख से
रक्त-स्नात इतिहास लिखता है।
विशाल बान्धवता की नहीं
उसे तो चारों ओर
विद्रोह और षड्यन्त्र की गन्ध आती है;
और तब प्रत्येक बस्ती में
राज्य का अप्रतिम प्रतीक
कारागार
निर्मित होता जाता है।
सम्भव है अर्जुन!
यह सत्ताधारी
यह राज्य-व्यवस्था
एक दिन
प्रत्येक व्यक्ति के भीतर
विचार शून्यता का
अन्धा कारागार निर्मित कर दे।
प्रत्येक व्यक्ति
बन्द ताले की भाँति कर दिया जाए
जिसकी ताली
राजकोष में जमा कर दी गयी हो।

आज जिस राज्य व्यवस्था का
साम्राज्यी स्वरूप
हमारे युग में आरम्भ हुआ है
कल जब यही
भिन्न मानवताओं के अनुभवों से जुड़कर
एक ऐतिहासिक सभ्यता बन जाएगा
तब
वह भाषा-ग्रन्थ होगा
या इतिहास ??
वह
राज्य-लोलुप, निरंकुश सत्ताधारियों का इतिहास होगा
या अनाम, निरीह साधारण जनों का भाषा-ग्रन्थ होगा ?
सव्यसाची!
राज्य-व्यवस्था के माध्यम से
मनुष्य को
क्यों इन भेड़ियों का भोज्य
बना देना चाहते हो ?
इन साधारण जनों से
तुम्हारी क्या शत्रुता है पार्थ ?

मैं जानता हूँ
प्राप्य या अप्राप्य—
परन्तु हम सबके भीतर
सत्ता का माणिक-भवन
अर्धदीप्तित रहता है।
उसी के गवाक्ष से
सत्ता की विषकन्या
गोपनीय
कुटिल-संकेतों से अपना वशीकरण डालती है,
और हम

आकण्ठ
उस वैभव-गन्ध से मदान्ध
धर्म, दर्शन, न्याय, शास्त्र
सबकी वही व्याख्या करते हैं
जिससे हम ही
सत्ता के केन्द्र में पहुँच सकें।
देख रहे हो इस
सत्ता का यह अन्धा द्यूत-व्यापार ?
अर्जुन! जिस दिन राज्य-व्यवस्था ही
सम्पूर्ण समाज
और मानवता का
प्रतिनिधित्व करने लगेगी—
विश्वास करो
यह पृथिवी
एक विशाल कारागार में परिणत हो जाएगी।

प्रलय-जल के सम्मुख
न व्यक्ति, न नगर
न वनस्पति, न अरण्य
किसी की सत्ता नहीं रह जाती
केवल वही
सृष्टि का प्रतिनिधित्व करने लगता है।

अर्जुनः व्यक्ति, व्यवस्था के सामने
विलीन न हो जाए
इसके लिए क्या होना चाहिए ?

युधिष्ठिरः ऐसा न हो
इसकी हम कामना तो कर सकते हैं
परन्तु
प्रतिव्यवस्था का कोई आश्वासन
कैसे दिया जा सकता है अर्जुन ?

हम जहाँ हैं
वहाँ से भविष्य को
उसकी सम्भावनाओं को
सम्भव है
पुकार तो सकें
पर उसका निर्माण कैसे कर सकते हैं ?

अर्जुन!
एक और भी प्रश्न है
जो बराबर सालता रहा है।

अर्जुन: जीवन भर आप
प्रश्नों से ही जूझते रहे हैं बन्धु!

युधिष्ठिर: विवेक का तर्क ही यह है पार्थ!
या तो वह तुम्हें स्वर्ण कर देगा
या क्षार।
जानते हो वह प्रश्न क्या है ?—
गुरु द्रोणाचार्य जैसे मेधावी की—
विवशता!!
विशाल पोत में
छोटे से छिद्र की ओर ध्यान नहीं जाता
पर
एक दिन समुद्र
अपनी विशाल काया उसी छिद्र से
क्रमशः भीतर ले आता है
और समस्त पोत को
निगल जाता है।
द्रोणाचार्य की विवशता भी
वैसा ही छिद्र है पार्थ!
मुझे भय है कि
सुदूर भविष्य में

यह राज्य-व्यवस्था
सम्पूर्ण समाज
और उसकी मनस्वी मेधा को ही
कहीं न निगल जाए।

समस्त शास्त्रज्ञता
पाण्डित्य और तेजस्विता के बाद भी
यशस्वी द्रोणाचार्य
अपनी एकमात्र सन्तान को
दूध तक न उपलब्ध करवा सके।
कल्पना करो
उस हाहाकार की पार्थ!
जब पुत्र
आटे को ही
दूध समझ कर पीता रहा होगा
तब उस विवश पिता के मन पर
क्या बीतती रही होगी अर्जुन!
असीम प्रतिभा
लेकिन घोर दारिद्र्य!!
इसके लिए कौन उत्तरदायी है पार्थ ?

अर्जुन: भाग्य!!
और कौन ?

युधिष्ठिर: तब दुर्योधन की अधीनता को
तुमने भाग्य के रूप में
क्यों नहीं स्वीकारा ?
नहीं,
अर्जुन! नहीं।
क्या द्रोणाचार्य की इस विवशता के लिए
राज्य दोषी नहीं ?
क्या इस व्यवस्था ने ही

उस सात्विक, परम मेधावी को
इस स्थिति तक नहीं पहुँचाया कि
मात्र जीवन-निर्वाह के लिए
अपना स्वतन्त्र व्यक्तित्व
ज्ञान और विवेक तक
राज्य को सौंप देना पड़ा ?

अभिमन्यु का सामूहिक वध
तथा युद्ध के अनेक अनाचार
द्रोणाचार्य अपनी आँखों से देखने के लिए
विवश—
क्यों ?
इसलिए कि राज्य
उनका भरण-पोषण कर रहा था।
कितना बड़ा मूल्य
एक विवेकवान को चुकाना पड़ा सव्यसाची।

अर्जुन: यह मात्र एक संयोग है धर्मराज!

युधिष्ठिर: इसे मात्र एक संयोग मत समझो अर्जुन!
राज्य-व्यवस्था का
यह एक अनिवार्य अंग है।
आज जब कि
राज्य-व्यवस्था का यह आरम्भ है
और आरम्भ में ही
स्वतन्त्रचेता द्रोण की आहुति दे दी गयी।
अपने षड्यन्त्रों
कुचक्रों में सहयोगी बनाकर
राज्य ने उस मेधावी को
एक क्रीतदास से अधिक
कोई महत्व नहीं दिया।
विदुर की ज्ञान-सम्पन्नता के लिए

किस कौरव के मन में आदर था अर्जुन ?
राजवंशी होने पर भी
राज्यकृपा के पात्र न होने के कारण
परम भागवत विदुर
एक अर्थहीन चरित्र बनकर रह गये।

प्रत्येक व्यवस्था के पास
अपने बघनख होते हैं अर्जुन!
सुदूर भविष्य में
क्या यह नहीं सम्भव है कि
राज्य-व्यवस्था
समाज से स्वतन्त्रचेता व्यक्तियों को ही
या तो समाप्त कर दे
या उन्हें इतना विवश, पंगु बना दे कि
उनका अग्नि-व्यक्तित्व
राज्य-व्यवस्था की निरंकुशता को
कभी चुनौती ही न दे पाये ?
अकेला दुर्योधन ही
दुर्विनीत नहीं था अर्जुन!
व्यवस्था का मुकुट धारण करते ही
किसी भी व्यक्ति का
मनुष्यत्व नष्ट हो जाता है!!

क्या अब भी तुम्हें लगता है पार्थ! कि
युधिष्ठिर ने
राज्य-परित्याग कर भूल की ?
नहीं,
सव्यसाची! नहीं—
मैंने अपने वैचारिक व्यक्तित्व को
कभी धुँधला नहीं होने दिया

किसी सम्बन्ध
किसी स्थिति
किसी वांछा
किसी को भी इस प्रज्ञा-अग्नि का
स्पर्श नहीं करने दिया।
उसी अच्युत व्यक्तित्व की
अनस्पर्शी
इस प्रज्ञा-अग्नि को
विराट को लौटा देने के लिए ही
यह हिमालय-आरोहण है बन्धु!
मैं जानता हूँ
इस दुर्गम स्वर्गारोहण में
मेरे अभिन्न अंगों की भाँति
एक-एक करके सारे सम्बन्ध
आत्मीय बान्धवता
रागात्मक संसार
सुगन्धित स्मृतियाँ
और इन सबको वहन करता
यह व्यक्तित्व
प्रतिक्षण
इस हिम में विसर्जित हो रहा है।
मुझे मृत्यु के इस विराट नाटक की
पूर्ण प्रतीति है अर्जुन!

पूर्ण प्रतीति!!
विभिन्न नामों वाला
यह मेरा ही क्षय है पार्थ!
अपनी प्रज्ञा-अग्नि को
वहन करने के लिए व्यक्ति को
कितना बड़ा मूल्य चुकाना पड़ता है

सव्यसाची!
संन्यास, वस्त्रों की गैरिकता
परिधान के लिए केवल रंग है
पर उस धारणकर्ता के लिए
वह ज्वाला का
अहोरात्र अभिषेक है।
अग्नि के इस आरात्रिक अभिषेक को
जब व्यक्ति
अपने स्वत्व में स्वीकार लेता है पार्थ!!
तब वह पार्थिव हो जाता है,
अग्नि में होम होती हुई पृथिवी ही—
पार्थिव है अर्जुन!
अपने भीतर के इस स्वाहा-भाव की
यात्रा ही
सव्यसाची! स्वर्गारोहण है!!

हिमपात के बाद की
ये हवाएँ
कैसी धारदार हो गयी हैं।
इसमें ही यह कैसा
अभेद्य, निःशब्द अन्धकार
कालरात्रि सा भर गया है।
पैरों के कितने निकट
वासनापूर्ण नेत्रों के संकेत जैसी
ये हिमानी घाटियाँ
पाताल तक चली गयी हैं।
जीवन और मृत्यु के बीच
केवल
एक टिका हुआ पग!!
लेकिन एक सीमा के बाद

क्या अर्थ रह जाता है
इस एक पग का ?
हिम के व्याघ्र सी
सम्भावित मृत्यु—
कैस दबे पैरों से सहयात्रा कर रही है।
मृत्यु अपना कोई पदचिह्न
न हिम
न आकाश
न समय किसी पर नहीं छोड़ती,
पर प्रत्येक के साथ
प्रत्येक क्षण सहयात्री है।
ऐसे उदार सहयात्री से
भय कैसा पार्थ?
निर्भय हो जाओ—
तब देखोगे कि
तुम
मृत्युञ्जयी प्रकृति हो गये हो।

मैं यहाँ
व्यक्ति से प्रकृति बनने ही आया हूँ पार्थ
इसीलिए
इस प्रज्ञायात्रा की समस्त भयावहता भी
मुझे विचलित नहीं कर पा रही।
मैं अपने इस प्रज्ञारूप को
किसी भी मूल्य पर
अपने ही सम्राट रूप के सामने
विवश या
विनत होते नहीं देख सकता था।
पार्थ!
भय को निर्भय से

जितना भय लगता है
उतना और किसी से नहीं।

यह क्या हुआ तुम्हें अर्जुन??
तुम अपना पैर नहीं साध सके?
प्रत्येक क्षण
यात्रा को
अपने पैरों से दाबे रखना पड़ता है पार्थ!
तुम निर्भय होने के पूर्व ही
शेष हो गये?
तुम किस अनाम घाटी में
टूट कर चले जा रहे हो सव्यसाची!
मेरे वैचारिक सखा!
पाण्डवता के मेरुदण्ड!
ऐकान्तिक मृत्यु की तो कल्पना की थी
किन्तु
वह ऐसी अप्रत्याशित
अनुत्सवी होगी नहीं जानता था।
गाण्डीव-पुरुष!
तुम पुरुषार्थ से ऊपर नहीं उठ पाये।
अगत्या तुम चले गये!!

अर्जुन गया युधिष्ठिर!
अब शेष क्या है?
भीम के रूप में
प्रतिक्षण जड़ होती हुई
यह पाण्डवता की देह
और
प्रज्ञा-अग्नि सा
युधिष्ठिर!!

जाओ
जाओ सव्यसाची।
हमारे सबके उत्तरकार्य
यह हिमालय ही सम्पन्न करेगा
प्रत्येक ऊर्ध्वकामी के लिए
यह सृष्टि ही आत्मज होती है
विश्वास करो यह आत्मज ही
ब्रह्मकपाली पर
हमारा तर्पण करेगी।
हमने यात्रा का वरण किया था
और यात्रा—
चाहे चलकर
या उसमें टूट कर
पूरी तो करनी ही होती है।

भीम: बन्धु!
युधिष्ठिर: भीम!
किसी भी प्रकार का प्रश्न
मत करो।
बिना किसी समाधान के
यदि अपने से ही जिज्ञासा कर सकते हो
तो करो
पंचतत्व की भाँति
यह पाण्डवता
अब अन्तिम रूप से
विघटित होने को है भीम!
यहाँ अब प्रश्न सम्भव ही नहीं।
लगता है
जैसे हम किसी विशेष प्रयोजन के लिए ही
विभिन्न संज्ञाएँ धारण किये हुए थे।

प्रयोजन समाप्त हो चुका
तब हम प्रश्न करने के लिए
शेष कहाँ है भीम?

भीम: बन्धु!
अब नहीं चला जा रहा।
आँखों, कानों
सम्पूर्ण देह में
जैसे हिम भर गयी है।
हिम
न केवल व्रणों को ही काट रही है
बल्कि शिरा-उपशिराओं को
घोड़े के बाल की तरह
खड़ा चीर रही है।
प्रत्येक पग में
जैसे एक हिमालय बँधा हुआ है बन्धु!
चर्मपादुकाएँ चिपक कर
स्वयं पैर हो गयी हैं।
सच तो यह है धर्मराज! कि
इनके तले
गल कर न जाने कबके नष्ट हो गये हैं
और इनके खोखल
पैरों के ऊपर चिपक गये हैं।
श्वास—
आकाश में विलीन पक्षी सी
आभास देती है
पर लौटती नहीं।

अब नहीं चला जाता धर्मराज!
अब नहीं चला जाता।
यह कौन
हवा के पतले पर्दे को हिला रहा है?

यह कौन
इस हिमालय को
आँखों के पास लाता है
और फिर दूर ले जाता है?
लाता है
फिर दूर ले जाता है??
घाटियों से कह दो
फिसलते शिखर चढ़ना छोड़ दें।
मैं
मैं कहाँ हूँ??
शयनकक्ष के दीपक क्यों बुझे हैं?
दासी! गवाक्ष खोल दो
श्वास अवरुद्ध हो रहा है
....
....
अब नहीं!!

युधिष्ठिर: भीम! उठो
स्वर्ग के गोपुर पर आकर
तुम हताश क्यों हो गये?
तुम्हारे साथ ही
यह सम्पूर्ण पाण्डवता भी नष्ट हो गयी भीम!
नष्ट हो गयी।
शताब्दियों तक इस हिम में
तुम्हारी यह देह
अज्ञात शिलालेख के एक प्रस्तर सी अनबाँची
यहाँ पड़ी रहेगी।
ऋतुएँ
निरन्तर इस पर लेप करते हुए
एक दिन
हिमालय कर देंगी।

भीम!
तुम मुझे मात्र एकाकी ही नहीं
सम्पूर्ण अनाश्रित दिगम्बर भी कर गये भीम!
अब मेरे पास
सम्बन्धहीनता की
एक ऐसी स्थिति है
जिसमें सम्बोधनहीन भाषा
और भाषाहीन सम्बोधन ही शेष बच गया है
मेरे बन्धु! विदा!!

अब कोई नहीं
कोई भी अब कहीं नहीं।
सिवाय तृतीय पहर के इस
रात्रि-आकाश के
और
इन नक्षत्रों की
अनन्त एकाकी साक्षियों के अतिरिक्त
अब और क्या शेष है?
जीवमात्र के प्रतीक
अयाचित बन्धु
श्वान!
तुम किस विश्वास के साथ
अपनी भाषाहीनता में भी
युधिष्ठिर के सहयात्री हो?
एक स्थिति पर भाषा का भी
क्या अर्थ रह जाता है?
अपने स्वत्व को बनाये रखना
सृष्टि के पास
यह कैसी उदात्त भाषा है
वनस्पतियाँ, पशु-पक्षी

पहाड़, नदियाँ
सब इसी भाषा का तो
व्यवहार करते हैं युधिष्ठिर!
जबकि मनुष्य की भाषा
केवल उसे ही अभिव्यक्त करती है।
बन्धु!
तुम्हें लौट जाने के लिए कहना
सृष्टि को लौट जाने के लिए कहना होगा,
और बिना सृष्टि के तो
स्वयं ईश्वर भी नहीं है
आओ
चलें
यात्रा का यही तर्क है—
इस विराट भाषाहीनता में
एक अनुच्चरित मन्त्र से समर्पित हो जाएँ।

स्वर्ग-पर्व—३

युधिष्ठिरः ओ तृतीय प्रहर के रात्रि-आकाश!
व्योमकेश!
सावित्री-पत्तियों औ नक्षत्र-फूलों वाले
अश्वत्थ तुम्हीं हो।
जब तुम पृथिवी पर
नदियों के श्लोक लिखते हो
तब तुम्हारी करुणा
हिमालय हो जाती है
और
जब तुम उन श्लोकों का पाठ करते हो

तब तुम्हारा सदाशिवत्व
सृष्टि हो जाता है
तुममें समस्त देवियाँ
आरात्रिक परिक्रमा कर रही हैं।
रात्रि के इस प्रहर में
तुम्हारे तपस्वी नेत्रों में
सरस्वती जाग्रत हैं।
देवी के चरण-स्पर्श से
हिमालय, वेद हो गया है
माँ!
तुम्हीं वह अनन्त कपिला हो
जिसकी गायत्री धाराएँ
हिमालय को गंगा
और वनस्पतियों को फूल देती हैं।
प्रत्येक प्रातःकाल
कपिला-दूध सी
यह धूप—
धूप का नाम ही कैसा उत्सव है—
जो पशुओं की पीठों को चमक
और हमारे मुखों की रात्रि पोंछ कर
दीपित कर जाता है।
माँ!
मेरी प्रज्ञा-अग्नि का यह स्तवन स्वीकारो!!

प्रत्येक कोलाहल
एकान्त में समाप्त हो जाता है
पर उस एकान्त में
कोलाहल के आहट की
जो प्रतीति शेष रह जाती है
उससे अपने को

सर्वथा मुक्त कर लेना—
देह को
अपने ही हाथों उतार कर
प्रक्षालित करना है।
युधिष्ठिर! यही यज्ञ है।

वनस्पतियाँ
किस आकुलता के साथ
वर्ण-गन्ध के चामर लिए
हिमालय की ओर दौड़ती हैं,
और क्रमशः ऊँचाइयों पर
अपनी समवेतता में
थक कर रह जाती हैं।
चीड़ और देवदारुओं का पुरुषार्थ भी
हिम के पावित्र्य का
केवल स्पर्श कर
शेष हो जाता है
और
तब आरम्भ होती है
उस विशाल
निर्वेद हिम-वक्षस्थल में
अकेले सुपर्ण भोजपत्र की
स्वाहा-यात्रा
आभ्यन्तर श्वेत व्यक्तित्व के
इस वानस्पतिक-युधिष्ठिर को
देवतात्मा
अपने स्वर्गिक व्यक्तित्व का
साक्षात करा कर रोक देता है।
घुटनों तक हिम में धँसे
इन वानस्पतिक-युधिष्ठिर के

फैले पर्ण-पाणियों पर
स्वर्गिक हिमानी करुणा
हिमफूलों में अजस्त्र झरती है।

युधिष्ठिर! जाग्रत करो
अपने स्वत्व के सुपर्ण भोजपत्र को
जाग्रत करो!!
एक कथा
नहीं, आसन्न घटनाओं वाला
रक्तरंजित
एक इतिहास,
बल्कि अनन्त त्रासदियों वाली
एक महागाथा सम्पन्न हुई
जिसके अन्तिम अधूरे श्लोक-सा
मैं
इस धर्मचक्र का साक्षात करने को
शेष हूँ!!

हमने समय और पृथिवी
दोनों में से अपने लिए
एक साम्राज्य तराश लेना चाहा था
पर
उस थरथराती धरती
और स्त्रावित समय के साथ
जो मानवता कट गयी थी
उसकी आर्तता के जयघोष में ही
मैं सम्राट बना था।
मैं नहीं जानता था कि
प्रत्येक राज्याकांक्षी
वृद्धक्षत्र ही होता है

जिसकी गोद में
कटी हुई मानवता
जयद्रथ का रक्तरंजित सिर होती है!!
युधिष्ठिर! निर्वेद के
इस प्रशान्त बिन्दु की नींव में
इतिहास और गाथाओं का वह कोलाहल
अब शान्त हो चुका है।
इस राशिवाही कालपुरुष की लीला को
स्वीकार करो युधिष्ठिर!
स्वीकार करो।
अब तुम इतिहासहीन
कुल-गोत्रहीन
स्वत्व नहीं
प्रज्ञा हो।
पूर्व दिशा में
इस कालपुरुष का
हवि के लिए हाथ उठ चुका है।
प्रत्यूष की इस ब्राह्मणी को
यज्ञ सम्पन्न करने दो।
देखो
आकाश में
सामगान भी आरम्भ हो चुका है
युधिष्ठिर!
झर जाने दो
इस शेष देह-भाव को भी
इस विराट यज्ञ में
यह मात्र समिधा है।
पृथिवी, जब देह का बोध त्याग देती है
तब शिव के कालजयी ललाट सी
शुभ्र हिमालय हो जाती है।

त्यागो इस देह को भी युधिष्ठिर!
जिसे हिम
यातना लगती है!!
हिम—
शिव की गोद में
पार्वती की देहवाली
सारस्वत-वीणा है
सुनोगे युधिष्ठिर! इसका गान?
आकाश और पृथिवी की गंगाओं में
यह कालवीणा बज रही है,
ब्राह्म मुहूर्त का यह
तेजस्वी आकाश
इसके स्वरों से झंकृत होकर
प्रणव हो गया है
सुनोगे युधिष्ठिर!
इस सारस्वत-वीणा का गान??

हिम—
एक पर्व है
श्वेत फूलों वाला एक स्वर्गोत्सव है।
आकाश ने
सृष्टि के आरम्भ में
मन्दार फूलों की जो माला डाली थी
उस परिणय की
वह प्रथम गन्ध ही
हिमालय है।
कभी देखी है युधिष्ठिर!
इससे अधिक
देवताओं की देहवर्ण सी
जाज्वल्य पवित्रता?

युधिष्ठिर! वरण करो
अपनी आत्मा में
इस हिमालय को वरण करो!!

कैसा है यह मुहूर्त!!
आकाश के पूर्व शिखरों पर खड़ा
प्रत्यूष—
दक्षिणावर्त शंख फूँक रहा है।
बन्धु! श्वान!
आ गया
स्वर्ग का द्वार आ गया।
उत्तर दिशा की साँकल खटखटाओ
देवतागण दिशाओं की साँकलों की आवाज ही
सुनते हैं।
बन्धु! डरो नहीं
आओ
तुम्हीं इस अन्तिम क्षण के सहयात्री हो।
तुम्हीं सृष्टि थे बन्धु!
तुम्हीं ने
युद्ध-वैभव से क्षत-विक्षत
युधिष्ठिर का
अगाध करुणा से साक्षात करवाया।

अभी यह उत्तर द्वार खुलेगा
मैं जानता हूँ
देवताओं को तुम्हारे प्रवेश से आपत्ति होगी
परन्तु विश्वास करो बन्धु!
सृष्टि-करुणा के बदले
मैं स्वर्ग भी नहीं स्वीकारूँगा
बन्धु! इसी मुहूर्त की प्रतिक्षा थी

केवल ब्राह्ममुहूर्त में ही
हिमालय
अपना स्वर्ग द्वार खोलता है
और सृष्टि के सारे पुण्य
उस द्वार से प्रविष्ट हो जाते हैं

बन्धु! अन्तिम बार
भाल पर घिर आये
हिम-त्रिपुण्ड्र को पोंछ लो।
देखो
बन्धु! देखो
हिमालय ने अपना उत्तर द्वार खोल दिया है
सुन रहे हो
देवताओं के पैरों की आहट,
यह गन्ध
किसी भी फूल की नहीं हो सकती
यह देवताओं की देह-गन्ध है;
यही स्वाहा है
युधिष्ठिर!
सुनो
तुम्हारी प्रज्ञा-अग्नि के आवाहन में
हिमालय स्वाहा कह रहा है
युधिष्ठिर! स्वाहा!!